Malia K.

Princess of Darkness

Band 1

Dark Romance

Ausführliche Triggerwarnung

In diesem Buch geht es um jegliche Form von Gewalt. Sex, traumatisierende Schicksalsschläge, Entführung, versuchter sexueller Missbrauch, häusliche Gewalt, nicht einvernehmliche Messerspiele, Mord, übergriffiges Verhalten, Trauer, Vergewaltigung, Freiheitsberaubung und Blut.

Sollte euch eines dieser Themen in irgendeiner Weiße Triggern, legt dieses Buch weg.

Impressum

Marijana Radosevic

c/o Sissis Autorenlounge

Steig bei der Warte 15

67595 Bechtheim

1. Auflage

Innengestaltung/ Grafik: Malia K. unter Verwendung von Canva Pro.

Umschlaggestaltung: Dana Jai.

Lektorat / Korrektorat: Christin Z. - Katharina L. – Claudia K.

Buchsatz: Denise Schumergruber

Verlag: BoD · Books on Demand GmbH, In de Tarpen 42, 22848 Norderstedt
Druck: Libri Plureos GmbH, Friedensallee 273, 22763 Hamburg
ISBN: 978-3-7693-0733-7

Für all meine Prinzessinnen. Ganz tief in der Dunkelheit wartet einer auf euch, der euch zu seiner persönlichen Königin machen wird. Versprochen.

Prolog

Jeden Abend sehe ich sie, die Männer im Schatten. Sie beobachten mich. Sie verfolgen mich, egal wohin ich gehe, sie sind immer da.

Einer dunkler als der andere. Einer gefährlicher als der andere.

Sind sie wirklich real oder bilde ich mir das alles ein?

Wer sind sie und was wollen sie von mir?

Werden sie mich verletzen?

Werde ich ihnen jemals entkommen können oder werden sie mich holen?

Wieso müssen sie mir so eine Angst machen? Ich habe niemandem etwas getan, wieso tun sie mir so etwas an?

Sie kommen immer näher, jeden Tag ein bisschen näher. Jetzt bin ich mir sicher, sie wollen mich holen. Werde ich stark genug sein, um dies nicht geschehen zu lassen?

Oder werden sie es schaffen, mich in den Bann ihrer Dunkelheit zu ziehen?

Und wenn ja, was dann?

Kapitel 1

Freya

Heute ist wieder einer dieser Tage, an denen ich mir wünsche, nicht aus dem Bett gestiegen zu sein.

Wieder einer dieser Tage, an dem ich durch die Gänge des Buchladens gehe und nicht weiß, was ich mit mir anfangen soll. In den vergangenen drei Stunden kam nicht ein einziger Kunde herein.

Seit es diese E-Books gibt, will eben keiner mehr ein gebundenes Buch kaufen.

Wirklich schade, ich liebe den Geruch von frisch gedruckten Büchern.

Noch 15 Minuten, dann kann ich den Laden endlich schließen und dann beginnt das Vater-Tochter Wochenende.

»Hey Pumpkin, kann ich dir irgendwie helfen?«

Meine Laune verbessert sich schlagartig. Die Stimme meines Vaters ertönt hinter mir.

Wie jeden Freitag kommt er mich von der Arbeit abholen, damit wir das Wochenende zusammen verbringen können.

Das ist das Einzige, was mir von meinem alten

Leben geblieben ist.

Seit ich vor einem Jahr mit Jake zusammengezogen bin, sehen wir uns kaum noch.

»Hey Papsi, nein danke. Ich habe schon alles gemacht, was gemacht werden muss. Setz dich, ich rechne die Kasse ab, dann können wir los.«

Er stupst mir mit dem Finger auf die Nase wie er es schon mein Leben lang tut und setzt sich auf einen der Sessel die überall verteilt stehen.

Dafür, dass ich in einem Laden arbeite, der zu einer Kette gehört, habe ich zu meinem Pech einen der kleinsten Läden erwischt.

12 Regale und acht Tische sind in dem kleinen Raum verteilt. Zwischen jeder Reihe stehen Ledersessel, in denen es sich die Kunden bequem machen können und einige Seiten der Bücher lesen können, die sie anschließend nie kaufen.

Letzte Woche musste ich sogar eine ältere Dame des Ladens verweisen. Sie macht es sich bequem, bringt sich essen und trinken mit, liest immer ein gesamtes Buch und verschwindet wieder. Wenn es nach mir ginge, könnte sie das ruhig ewig so weitermachen, so bin ich wenigstens nicht allein.

»Freya, hörst du mir zu?«

Und schon wieder war ich so sehr in meinen Gedanken versunken, dass ich nicht gehört habe, dass mein Vater etwas gesagt hat.

»Sorry Papsi, du kennst mich doch, wenn ich einmal an etwas denke, ist mein Kopf nicht mehr zu bremsen.«

Er schüttelt lächelnd den Kopf und nimmt mir den Schlüssel aus der Hand. Wie immer, wenn er hier ist, schließt er ab, während ich abrechne.

Wie vermutet, hat sich der Tag heute nicht gelohnt. Ich habe 7 Bücher verkauft. Zum Glück werde ich hier nicht nach Einnahmen bezahlt, sondern bekomme ein festes Gehalt.

In Gedanken versunken, trage ich die Einnahmen des Tages, sowie die Titel der verkauften Bücher in das Inventurbuch ein und verlasse anschließend mit meinem Vater den Laden.

»Was hältst du von Burgern? Dein alter Herr stirbt vor Hunger.«

Also mein Vater ist alles, aber alt sicher nicht. Er sieht für seine 40 Jahre wirklich noch jung aus. Mir ist es immer wieder ein Rätsel wie er mit nur 20 Jahren die volle Verantwortung für mich übernehmen konnte, nach dem meine Mutter bei meiner Geburt gestorben ist. Es ist wie es ist. Mein Vater ist mein Held.

»Alles, was du willst, Papsi, ich esse alles, das weißt du.«

Er öffnet mir die Tür seines Wagens und fährt direkt zu *Burgers and More.*

Wie immer betreten wir unseren Lieblingsladen und steuern direkt den Platz an, den wir immer besetzen.

Kaum haben wir Platz genommen, kommt auch

schon Trudy, die Kellnerin, zu uns.

»Freya, Andrew, schön Euch zu sehen. Wie immer oder habt ihr einen anderen Wunsch?«

Sie lächelt meinen Vater verliebt an, bekommt sich aber schnell wieder in den Griff, als sie meinen Blick auf sich spürt.

»Wir nehmen dasselbe wie immer, Trudy, danke.«

Sie nickt mir zu und verschwindet.

»Pumpkin, wieso bist du immer so abweisend zu ihr, sie ist doch süß.«

Süß? Er findet sie süß? Als er meinen schockierten Blick sieht, lacht er los.

»Ach komm schon, Freya, das war ein Scherz. Du weißt doch das ich nach deiner Mutter nie wieder eine andere Frau lieben könnte.«

Da ist er wieder, der traurige Blick in seinen Augen, der immer an die Oberfläche kommt, wenn es um sie geht. April Summers, meine Mutter.

Noch nie im Leben habe ich mich für etwas schuldiger gefühlt als für ihren Tod. Papsi sagte, sie wollte mein Leben retten, koste es was es wolle. Auch wenn der Preis, den sie dafür bezahlen musste, ihr eigenes Leben war.

Sie kannte mich noch überhaupt nicht und liebte mich bereits mehr als alles andere auf der Welt.

Ruhe in Frieden, Mommy.

»Also Pumpkin, auf was hast du Lust? Eine Runde Tischkicker, Bowling? Oder Papsis hausgemachter Kakao, mit Sahne, Streuseln und einen kitschigen Weihnachtsfilm?«

Bevor ich ihm antworten kann, vibriert mein Handy.

Jake:

> Freya wo bleibst du? Ich hatte einen Scheißtag und würde gerne etwas essen. Wann bist du da?

Das ist schon wieder so typisch! Jedes verdammte Wochenende, verbringe ich die Zeit mit meinem Vater und obwohl er das genau weiß, tut er es immer und immer wieder.

Jedes Mal tut er so, als hätte er es vergessen und schafft es dadurch mir ein schlechtes Gewissen zu machen.

Langsam frage ich mich, ob das nicht alles ein Fehler war. Hätte ich lieber auf meinen Vater hören sollen? Hätte ich sein Haus nicht nach einem halben Jahr Beziehung und der überstürzten Verlobung verlassen sollen?

»Freya, was ist denn heute los mit dir? Du bist vollkommen abwesend und das noch mehr als sonst. Was stimmt denn nicht? Läuft das Studium nicht gut?«

Oh nein, nicht dieses Thema. Wenn er erfährt, dass ich gar nicht studiere, wird er rasend vor Wut.

Jake:

> Was soll der Scheiß? ANTWORTE MIR FREYA!

»Freya June Summers, ich will gefälligst das du mir sagst, was zum Teufel mit dir los ist! Ich erkenne Dich überhaupt nicht wieder.«

Noch bevor ich es schaffe zu antworten, vibriert mein Handy erneut. Shit, diesmal ruft er an.

Das wird immer schlimmer! Bevor ich es schaffe den Anruf abzulehnen, reißt mir mein Vater das Handy aus der Hand.

»Hör mal zu, du kleiner Scheißer! Es ist Freitag und wie jedes Wochenende seit einem verschissenen Jahr, verbringe ich auch dieses mit meiner Tochter! Merk dir das ein für alle Mal!«

Auch wenn das überhaupt nicht lustig ist und mich zuhause ein Donnerwetter erwarten wird, bin ich diesmal diejenige die einen Lachanfall bekommt.

»Das ist nicht witzig, Pumpkin! Jedes Mal dasselbe. Leidet er unter Alzheimer oder was stimmt mit ihm nicht? Ruft er auch während deiner Vorlesungen an und fragt, wann du ihm frische Unterwäsche bereitlegst?«

Augenblicklich verstummt mein Lachen. Ich habe meinen Vater noch nie belogen. Egal wie unangenehm es war, ich habe immer alles mit ihm bereden können. Er ist nicht nur mein Vater, sondern auch mein bester Freund und engster Vertrauter. Ich kann das alles nicht mehr vor ihm verschweigen.

Trudy bringt unser Essen und widmet sich wieder den anderen Gästen.

Jetzt oder nie.

»Papsi, ich muss mit dir reden. Bitte unterbrich mich nicht okay?«

Er sieht mich skeptisch an, nickt jedoch und beißt in seinen Burger.

»Ich besuche die Uni nicht mehr. Jake hat aufgehört mir die Gebühren zu zahlen. Wir haben in Literatur einen neuen Professor bekommen, er ist jung und gutaussehend. Jake hat uns auf dem Flur reden sehen und ist völlig wutentbrannt auf ihn losgegangen.

Ich wurde auf Befehl seines Vaters der Universität verwiesen und Jake musste Schmerzensgeld zahlen. Wir hatten einen schlimmen Streit, weil ich es nicht einsehe, dass ich die Uni verlassen muss und er nur für sein Vergehen zahlen muss. Jake meint, er kann nicht immer um mich herum sein, deswegen wäre es besser, wenn ich auch den Job in der Buchhandlung kündige. Als seine Verlobte müsse ich sowieso nicht arbeiten.

Nachdem er mich drei Stunden angebrüllt hat, habe ich diese Diskussion letztendlich gewonnen. Ich musste zwar die Uni verlassen, darf aber weiterarbeiten. Er schwor mir, nie wieder so eifersüchtig zu sein.

Es tut mir leid, Papsi, ich wollte dich wirklich nicht anlügen, aber ich weiß, wie du zu Jake und der überstürzten Verlobung stehst. Bitte sei nicht sauer.«

Er lässt seinen Burger auf den Teller sinken, schmeißt Geld auf den Tisch und verschwindet wortlos aus dem Laden. Gott, was habe ich nur getan? Ich lasse meinen Teller unberührt zurück und renne ihm hinterher.

»Papsi, warte bitte! Es tut mir leid, bitte lass mich nicht stehen. Ich habe doch niemanden außer dir!«

So schnell wie sich meine Augen mit Tränen füllen, so schnell bleibt er stehen.

»Ich würde dich niemals stehen lassen, Freya.

Ich bin einfach nur maßlos enttäuscht von dir. Wieso hast du nicht mit mir geredet? Ich habe dir doch gesagt das ich das Geld für deine Studiengebühren habe! Du musst nichts von ihm annehmen! Melde dich bei einer neuen Uni an! Ich zahle es, so wie es sein soll. So wie es als Vater meine Aufgabe ist und er wird es nicht ändern können!«

Er versteht es nicht. Natürlich nicht wie sollte er auch, ich habe mich ja vollkommen verschlossen. Das muss ein Ende haben, ich muss ihm alles erzählen. Er hat so Recht.

Gott, wie konnte ich nur so dumm sein.

»Können wir nach Hause gehen? Ich werde dir alles erzählen, die ganze Wahrheit. Nur bitte, lass ihn danach in Ruhe.«

Er nickt und geht stumm auf seinen BMW zu.

· · · · · · · · · · · · · · ·

Die gesamte Heimfahrt über, haben wir geschwiegen. Die ganze Zeit bin ich am Überlegen wie ich ihm das alles sagen soll, ohne dass er an Bluthochdruck stirbt.

Mein Vater öffnet die Türe zu meinem alten Zuhause und schaltet das Licht an. Es hat sich nichts verändert, seit ich gegangen bin. Immer noch liegt Zitrusduft in der Luft. Immer noch sieht alles so aus, als würde ich noch hier wohnen.

Einige meiner alten Jacken hängen noch an der Garderobe im Eingangsbereich, genau wie einige meiner Schuhe noch in dem Schuhregal direkt darunter stehen. Das Einzige, was anders ist, ist die neue Couch, die mir direkt ins Auge springt als ich um die Ecke ins Wohnzimmer biege.

Ich habe diesen Raum immer am meisten in diesem Haus geliebt. Auch wenn er klein ist, ist es nirgends auf der Welt gemütlicher. Gegenüber der neuen schwarzen Ledercouch steht ein Kamin und darüber hängt ein großes Bild das mich als Baby in den Armen meines Vaters zeigt.

Der Sessel, der in der Ecke des Raumes steht, wurde seit dem Tag meiner Geburt nicht wegbewegt. Mein Vater erzählte mir, wie meine Mutter immer darin gesessen und ein Buch nach dem anderen gelesen hat.

Er hat es genauso getan, seit ich zwei Jahre alt war, hat er mir immer wieder aus verschiedenen Büchern, genau in diesem Sessel, vorgelesen.

Gerade als ich etwas sagen will, verschwindet mein Vater durch den Türbogen, der zur Küche führt.

Einige Minuten später kommt er mit Kakao zurück.

»Setz dich! Ich will alles wissen, Freya.«

Ich nehme ihm die warme Tasse ab und setze mich auf Moms Sessel. Erst jetzt fällt mir der Weihnachtsbaum in der anderen Ecke des Wohnzimmers auf. Sofort schießen mir verschiedene Erinnerungen durch den Kopf. Nein Stopp!

Ich muss mich konzentrieren und nicht wieder in meinem eigenen Kopf versinken!

»Ich glaube, du hattest Recht. Das alles ging viel zu schnell. Ich habe mich in vielen Dingen von Jake manipulieren lassen, aber was soll ich denn tun? Ich liebe ihn, Papsi. Egal was er tut, er…«

Mit rotem Kopf erhebt sich mein Vater und schneidet mir das Wort ab.

»Was meinst du damit, egal was er tut? Freya willst du mir sagen, er ist dir gegenüber gewalttätig geworden?«

Scheiße, scheiße, scheiße!! Wieso habe ich nicht nachgedacht bevor ich geredet habe, mein Vater wird ihn umbringen!

»Papsi, beruhige dich bitte. Es war nur einmal und er hat sich direkt entschuldigt. Ich schwöre es!«

Ich versuche auf meinen Vater zuzulaufen, doch dieser entfernt sich immer mehr von mir.

»Ich werde diesen kleinen Scheißer dem Erdboden gleichmachen! Niemand fasst meine kleine Tochter an und kommt damit ungestraft davon!«

Sofort überkommt mich mein schlechtes Gewissen, ich will nicht das er Jake wehtut!

»Nein bitte, Papsi, es wird nicht mehr vorkommen! Er hat es versprochen!«

Ungläubig schüttelt er den Kopf, natürlich glaubt er mir nicht, wie denn auch, er konnte Jake noch nie leiden.

»Freya, Pumpkin, mach die Augen auf! Du steckst mit gerade mal 20 Jahren in einer toxischen Beziehung fest. Ich lasse nicht zu das mein kleines Mädchen so jemanden heiratet! Nur über meine Leiche!«

Jetzt fällt mir wieder ein, wieso ich ihm nichts davon sagen wollte. Er sieht mich immer noch als sein kleines Mädchen, doch das bin ich nicht mehr!

»Ich bin erwachsen, Papsi, ich treffe meine eigenen Entscheidungen! Weißt du was, ich glaube ich gehe lieber. Wir sehen uns am Freitag.«

Auch wenn es mir das Herz bricht, ziehe ich meine Jacke an und verlasse das Haus.

Draußen krame ich das Handy aus der Tasche und rufe Jake an.

»Was ist?«

Na toll! Genau wie ich es erwartet hatte, er ist sauer auf mich.

»Hey Schatz, ich habe mich mit meinem Vater gestritten. Kannst du mich bitte abholen?

Ich will nachhause, ich will zu Dir.«

Das scheint ihn zu beruhigen, ich höre ihn laut ausatmen.

»Nach seinem Verhalten, ist es auch das mindeste das du mich verteidigst. Ich bin in 10 Minuten da Baby, warte im Park auf mich.«

Ohne meine Antwort abzuwarten, legt er auf. Ich überquere die Straße und mache mich auf den Weg zum besprochenen Treffpunkt. Auch wenn ich die Dunkelheit hasse, setze ich mich auf eine der Bänke und warte.

Ob ich hier von meinem Prinzen oder von meinem Verderben abgeholt werde, wird sich noch zeigen.

Kapitel 2

Wie jeden verschissenen Abend sitze ich in diesem Park und warte auf die Biker, die kleine Kinder mit gestrecktem Koks versorgen. Gott, wie ich diese selbsternannten Gangster hasse! Sie sind allesamt nichts weiter als eine Bande von Halbstarken, die sich mit ihren Lederkutten und ihren Motorrädern fühlen, als würde ihnen die gesamte Stadt gehören. Sie machen den Menschen Angst, sogar die verdammte Polizei fürchtet sich vor ihnen, aber ich nicht.

Ich fürchte mich vor niemandem!

Die Leute fürchten mich!

Der Killer der im Nebel verschwindet.

Das gefällt mir, ihre Angst gefällt mir.

Ich bin ein verdammter Psychopath und das kann gerne die ganze Welt erfahren.

Mit meinen 32 Jahren habe ich bereits über 300 Menschen auf dem Gewissen.

Von Kinderschändern bis hin zu Frauen schlagenden Ehemännern. Sie gehören alle mir! Ich lasse es nicht zu, dass weitere Frauen, dasselbe Schicksal erleiden müssen wie meine Mutter und meine

Schwester. Gott hab ihre Seelen gnädig.

Ein seltsames Geräusch lässt mich hellhörig werden. Ich bin nicht allein. Etwa drei Bänke von mir entfernt sitzt jemand.

Wer bist du und wieso sitzt du hier allein in der Dunkelheit? Selbst aus dieser Entfernung kann ich deine bernsteinfarbenen Augen erkennen. Fuck, was passiert denn hier? Noch nie zuvor ist mir die Augenfarbe einer Frau aufgefallen!

Ich muss mehr über dich wissen! Nein, ich muss alles über dich wissen!

Fuck, wieso weinst du? Wieso in meiner Nähe, wieso ausgerechnet dann, wenn ich auf einer Mission bin. Wie soll ich mich jetzt konzentrieren, wenn dir jemand wehgetan haben könnte! Ehe ich daran denke, was ich tue, bewegen sich meine Beine wie von selbst und bleiben direkt vor dir stehen.

Gott, deine Augen. Aus der Nähe sind sie noch viel schöner. Nein, nein, aus der Nähe bist DU viel schöner.

»Hey, ähm, ist bei dir alles in Ordnung?«

Seit wann stottere ich? Sterbe ich gerade an einem irreparablen Hirntumor, von dem ich nichts weiß?

»Sehe ich denn so aus, als wäre alles in Ordnung? Nichts, rein gar nichts ist in Ordnung! Und wer bist du überhaupt?«

Ich muss im Himmel sein! Deine Stimme gleicht der eines Engels. Wieso habe ich dich zuvor noch nie gesehen? Und wieso interessiert mich das überhaupt? Ich bin Killian, der Killer des Schattens und nicht Killian, der schleimige Romantiker. Scheiß drauf, scheiß auf dich. Ich habe eine Mission und der muss ich nachgehen. Gerade als ich mich umdrehe und gehe, höre ich sie. Die Stimme eines Engels. Meines Engels, das habe ich gerade beschlossen.

»Es tut mir leid, ich bin eigentlich nicht so eine Zicke, aber mein Leben versinkt gerade im Chaos und ich bin selbst dafür verantwortlich.«

Ich kann nicht einfach weggehen, ich muss wissen was los ist. Scheiße, ich muss einfach.

»Wieso, bist du nicht bei den Cheerleadern aufgenommen worden?«

Ich muss hart bleiben, ich sollte nicht zu viel Interesse zeigen. Das könnte gefährlich werden. Für uns Beide.

»Ah schön wärs, nein, ich habe mich nach sechs Monaten dazu entschlossen den Antrag meines ersten Freundes anzunehmen. Ich bin bei ihm eingezogen, habe meinen Vater allein gelassen und mich von meinem Verlobten manipulieren und ohrfeigen lassen. Das alles in nur einem Jahr. Kannst du dir das vorstellen? Ich bin gerade mal 20!«

Warte was? Du bist erst 20? Du bist verlobt?

Und der Hurensohn hat dich geschlagen? Das kannst du mir doch nicht einfach so erzählen. Bist du dir denn nicht bewusst darüber, wer ich bin? Schaust du denn kein Fernsehen? Shit, wieso bin ich nicht einfach zuhause geblieben?

»Schonmal daran gedacht, den Typen einfach gehen zu lassen? Wer einmal eine Frau schlägt, der tut es immer wieder.«

Wieso spiele ich hier eigentlich den Psychologen? Gott, Killian, konzentrier dich!

»Das geht nicht, ich liebe ihn, weißt du. Er ist mein erster Freund und ah, ich hab doch keine Ahnung, wieso erzähle ich dir das alles überhaupt?«

Diese Frage habe ich mir auch schon gestellt, kleiner Engel.

»FREYA! WAS ZUM TEUFEL SOLL DAS WERDEN!«

Freya. Schöner Name, passt allerdings gar nicht zu dir.

Wie Hulk höchstpersönlich kommt ein 1.70 großer Typ direkt auf mich zu und versucht mich doch nicht wirklich weg zu schubsen.

Ich lasse es ihm durchgehen. Es wäre unfair, ich bin sicher zwei Köpfe größer als er.

Ganz davon abgesehen, will ich dir keine Angst machen, doch wie ich sehen kann, scheinst du diese dennoch zu haben. Du hast Angst vor ihm, das kann ich in deinen Augen sehen. Dafür sollte ich ihm die Seele aus dem Leib prügeln!

»Jake, Schatz, beruhig dich, das ist ein alter Freund meines Vaters, er hat mich gesehen und wollte mich nicht in der Dunkelheit allein lassen.«

Mein Engel, du lügst, ohne rot zu werden.

Ich warne dich, mich wirst du niemals belügen,

sonst muss ich dich bestrafen.

Mein Handabdruck auf deinem Hintern würde bestimmt ein Bild für Götter abgeben. Allein bei dem Gedanken zuckt mein Schwanz.

Ich muss dich haben, ich kann nichts dagegen tun. Du wirst mir gehören und shit, wenn ich diesem Trottel dafür mit bloßen Händen den Schädel spalten muss, dann wird es mir ein Vergnügen sein!

. . . .

Freya

Ich hoffe der Fremde lässt meine Lüge nicht auffliegen. Selbst als Jake mich mit Professor Sullivan gesehen hat, war er nicht so wütend. Auch wenn er versprochen hat mich nie wieder zu schlagen, will ich es dennoch nicht herausfordern. Ich laufe auf Jake zu, strecke den Hals und drücke ihm einen Kuss auf die Lippen. Nur widerwillig erwidert er ihn.

»Danke, dass sie auf meine Verlobte aufgepasst haben, mein Wagen ist nicht angesprungen, sonst wäre ich schon längst da gewesen. Komm, Baby, lass uns nach Hause gehen.«

Er nimmt mich an der Hand und will mich an dem Fremden vorbeiführen, als dieser mein Handgelenk packt.

»Freya, du wolltest deinem Vater meine Nummer geben, schon vergessen? Los gib mir dein Handy und seh zu, dass du nach Hause kommst.«

Was hat er denn jetzt vor? Mit zittrigen Fingern hole ich mein Handy aus der Tasche und reiche es ihm.

»Wenn sie doch der Freund von Andrew sind, wieso haben sie dann nicht seine Nummer?«

Ich habe das Gefühl mein Herz bleibt stehen, scheiße wo bin ich da nur reingeraten.

»Ich habe mir heute ein neues Handy geholt, hatte aber bis jetzt keine Zeit bei ihm vorbei zu gehen, also wieso sollte ich es mir schwer machen, wenn es auch einfach geht.«

Ich spüre deutlich, wie Jake sich hinter mir verspannt. Der Fremde tippt etwas auf seinem Handy und danach auf meinem.

»Hier Freya, grüß ihn von mir. Ich wünsche euch noch einen schönen Abend. Pass gut auf sie auf, Jake!«

Er verschwindet im Nebel und lässt mich mit einem schlecht gelaunten Jake zurück.

»Ich hoffe für dich das war die Wahrheit. Wage es nicht mich zu betrügen, Freya. Du bist meine Verlobte, merk dir das!«

Dass er eifersüchtig ist, ist für mich nichts neues. Aber so besitzergreifend habe ich ihn noch nie zuvor gesehen.

Es sollte mir gefallen, jeder Frau gefällt es wenn ihr Partner so ist. Mir jedoch macht sein Verhalten Angst, vor allem, weil ich glaube, dass ich den Fremden nicht zum letzten Mal gesehen habe.

· · · · · · · · · · · · · ·

Nach 15 Minuten des Schweigens, kommen wir endlich zuhause an. Wir wohnen in einem der Reichenviertel in der Londoner Innenstadt.

Von unserem Garten aus hat man einen perfekten Blick auf das London- Eye.

Außer der Aussicht ist der Garten typisch im Reiche Leute-Stil eingerichtet. Ein riesiger Pool steht auf der einen Seite und eine große Sitzlandschaft auf der anderen. Allein hier draußen gibt es schon genug Platz für 40 Leute.

Ich hasse es! Jeder kann sehen das Jake in Geld schwimmt. Wieso müssen diese Menschen immer mit ihrem Reichtum angeben? Wieso können sie es nicht stillschweigend genießen?

»Willst du da draußen Wurzeln schlagen oder kommst du?«

Verwirrt schaue ich mich um, ich habe gar nicht gemerkt das ich ausgestiegen bin. Vielleicht sollte ich einen Arzt aufsuchen, es kann doch nicht normal sein immer so in Gedanken versunken zu sein.

Ich laufe die kleine Treppe nach oben und folge ihm ins Haus. Luxus, soweit das Auge reicht.

Schwarzer Marmor wurde im ganzen Haus verlegt.

Die Wände sind schneeweiß, genau wie der größte Teil der Einrichtung.

Jake geht direkt in den Raum links von mir. Genau wie im Haus meines Vaters ist das Wohnzimmer auch hier mein Lieblingsraum. Eine große schwarze Couch steht direkt in der Mitte, gegenüber, hängt in einer weiß glänzenden Wohnwand ein großer Flatscreen. Die andere Ecke des Zimmers hat Jake extra für mich einrichten lassen, als ich vor einem Jahr bei ihm eingezogen bin. Er meinte, solange die obere Etage nicht vollkommen renoviert wurde, wird er mir hier unten eine Leseecke einrichten.

Sechs Bücherregale zieren die Wand.

Davor steht ein großer kuscheliger Sessel und die Krönung ist der Kamin, der in der Mitte der Regalwand eingebaut wurde.

Ich setze mich wie immer in meinen Sessel und wärme mich an den bereits flackernden Flammen.

»Bist du sicher das nichts zwischen dir und dem Typ gelaufen ist? Ich könnte es niemals ertragen dich zu verlieren, Freya. Ich liebe dich viel zu sehr.«

Er kniet sich hinter mich und legt den Kopf auf der Lehne ab. Genau das ist der Mann, in den ich mich verliebt habe. Nicht dieses Aggressive Monster.

»Ich würde dich niemals betrügen, Jake. Ich liebe dich auch, über alles.«

Er erhebt sich und wirft mich plötzlich über die

Schulter.

»Jake, was hast du denn vor, lass mich runter! Oh Gott.«

Er lacht und ignoriert mein Zappeln. Mit dem Fuß stößt er die Tür zum Schlafzimmer auf und wirft mich unsanft aufs Bett.

»Zeig mir wie sehr du mich liebst.«

Oh nein, darauf habe ich wirklich keine Lust.

Egal wie sehr ich ihn liebe, der Sex ist nicht besonders befriedigend, aber wie sonst auch, mache ich mit. Für ihn. Er beugt sich über mich und beginnt mich stürmisch zu küssen. Ich liebe seine Lippen, ich liebe, was er mit seiner Zunge anstellt, doch der Rest passt nicht. Ich weiß nicht wieso, aber irgendwas fehlt mir.

»Zieh dich aus! Langsam.«

Er rollt sich von mir runter und legt sich mit den Armen hinter dem Kopf verschränkt auf den Rücken.

Ich ziehe die gleiche Nummer wie immer ab. In meinem Kopf spiele ich irgendeinen Song ab und bewege mich dazu.

Langsam ziehe ich mir meinen weißen Rollkragen Pullover über den Kopf und steige aus meiner Hose. In roter Spitzenunterwäsche stehe ich vor ihm. Ich kann deutlich sehen, wie die Beule in seiner Hose immer größer wird. Wenn ich ihn mir so anschaue, muss ich sagen, ich habe wirklich Glück.

Er ist breit gebaut, groß, hat strahlend blaue

Augen, die durch seine schwarzen Haare besonders gut zur Geltung kommen.

Ich will ihn, ich will ihn so sehr, aber diesmal muss ich die Kontrolle übernehmen.

Ich kann nicht jedes Mal zu kurz kommen.

Mit kreisenden Hüften bewege ich mich in seine Richtung und komme direkt vor ihm zum Stehen.

»Zieh deine Hose aus und schließ deine Augen.«

Auch wenn ich nicht damit gerechnet habe, tut er was ich verlange. Das ist meine Chance, ich setze mich auf seine Oberschenkel und nehme seine Erektion in die Hand.

»Gott, wie ich deine Hände auf meinem Schwanz liebe.«

Bereits jetzt bilden sich Lusttropfen auf seiner Eichel. Ich senke meinen Kopf und lecke sie ab. Ein Stöhnen dringt aus seiner Kehle. Bevor er sich die Kontrolle wieder unter den Nagel reißen kann, nehme ich seine volle Länge in den Mund. In schnellem Rhythmus beginne ich daran zu saugen.

»Oh scheiße, Freya, wenn du so weitermachst, komme ich direkt.«

Auf keinen Fall! Seine erotischen Laute haben mich auslaufen lassen. Ich brauche ihn, ich muss ihn in mir spüren. Gerade als ich mich auf ihn setzen will, setzt er sich auf.

»Nein Baby, du fickst mich nicht. Keine Chance.«

Zu früh gefreut. Überraschenderweise zieht er mich an das Panoramafenster und drückt meinen

Oberkörper dagegen. Meinen Hintern zieht er zu sich und dringt mit einem starken Stoß in mich ein.

Die Tatsache das mich jemand sehen könnte macht mich total an.

»Du bist so nass, Baby! Gott, diese Pussy gehört nur mir! Fuck, du bist so geil, Freya…«

Den Rest seines Satzes blende ich komplett aus, ich bin wie erstarrt, jedoch fällt es ihm nicht auf. Dort unten, direkt neben einer Laterne steht ein Mann.

Gerade als ich es Jake sagen will, ist er weg. Einfach weg! Habe ich mir das nur eingebildet?

»Baby, halt dein Stöhnen nicht zurück, ich will dich hören!«

Wenn das doch nur so einfach wäre, ich gebe mir verdammt viel Mühe, versuche mich auf Jake zu konzentrieren und spiele wie immer meine gut einstudierte Rolle.

»Oh Gott, ja! Gott, Jake du bist so gut. Ich liebe dich so sehr.«

Kaum habe ich meinen Satz zu Ende geschrien ergießt er sich in mir. Schwer atmend lehnt er seinen Kopf an meine Schulter.

»Ich liebe dich auch. Komm lass uns schlafen gehen.«

Ich nicke ihm brav zu und ergreife seine Hand. Gemeinsam legen wir uns ins Bett und ich kuschle mich wie jede Nacht an seine trainierte Brust.

Was war das gerade? War da draußen wirklich jemand oder drehe ich jetzt völlig durch?

Vollkommen in Gedanken versunken schlafe ich ein. Diesmal sehe ich nicht Jake, der mich schlägt, nicht meinen Vater, der am Grab meiner Mutter weint, nein. Ich sehe ihn, den fremden Mann mit der Kapuze, mit den Tattoos an seinen Händen, seinem Hals und seinen leuchtend braunen Augen. Das ist gar nicht gut!

Kapitel 3

Freya

Gott war das eine schreckliche Nacht! Immer und immer wieder bin ich aufgewacht und jedes Mal wegen diesen Augen. Ich habe, seit ich mit Jake zusammen bin, nie an einen anderen Mann gedacht. Noch nie! Was zum Teufel ist los mit mir?

Wieso sind mir seine Augen nicht direkt aufgefallen? Wieso verfolgen sie mich im Schlaf?

Mein Unterbewusstsein müsste doch wissen, wie gefährlich es ist, vor allem wenn ich neben Jake liege.

»Baby, mach endlich den Wecker aus. Ich muss heute nicht aufstehen.«

Jake wälzt sich verschlafen hin und her. Schon seltsam, dass er seit Tagen nicht mehr aufstehen muss, um zur Uni zu gehen. Der Sache muss ich nachgehen, doch erst mal brauche ich eine Dusche. Ich schalte den Wecker aus und verlasse unser Schlafzimmer. Vollkommen verwirrt schalte ich die Dusche an und stelle mich unter das warme Wasser.

Genau das, was ich gebraucht habe! Schnell wasche ich mir die Haare und steige aus der Dusche. Ich sollte lernen mir den Wecker früher zu stellen, jeden Morgen dasselbe.

Vollkommen unter Zeitdruck föhne ich mir die Haare, während ich mir die Zähne putze. Auch wenn ich den ganzen Luxus, auf den Jake so viel Wert legt, hasse, liebe ich unsere Regendusche und die große Eckbadewanne. Jedes Mal fühle ich mich wie eine Prinzessin, wenn ich mich in diesem Raum befinde. Hier drinnen findet eine Frau alles, was das Herz begehrt. Von verschiedenen Hygieneartikeln bis hin zu Kosmetik ist alles vorhanden.

Jake tut wirklich alles dafür das es mir gut geht. Er weiß, wie schwer es für mich war, meinen Vater allein zu lassen, aber er wollte mich immer um sich haben. Er sagte: *Ich liebe dich, Freya, ich will dich Tag und Nacht in meiner Nähe haben, bitte, ich brauche dich.*

Wie hätte ich da nein sagen sollen? Als ich das Badezimmer verlasse, bleibe ich mitten im Gang stehen.

Hier in der obersten Etage befindet sich nicht nur unser Schlaf- und Badezimmer, sondern auch Jakes Fitnessraum, ein Büro, das er ohnehin nicht nutzt und eine komplette Baustelle. Er hat seinen Vater darum gebeten einen Raum mit Balkon anzubauen. Er hat es so designt, dass man im Winter eine Glaswand über den Balkon ziehen kann und dieser sich in einen Wintergarten verwandelt. Nicht mehr lange, dann bekomme ich hier endlich meine eigene kleine Bibliothek. Er wollte niemand anders für dieses Projekt anheuern, sondern ließ sich den gesamten Grundriss selbst einfallen.

Er wird wirklich ein begabter Architekt, genau

wie sein Vater, Jason Cunningham. Dekan der Universität und Architekt. Der Mann, der sich alles im Leben kauft, was er durch sein kaltes Herz nicht bekommen kann. Er hat genauso versucht Jake zu kaufen, dieser nimmt zwar das ganze Geld an, um unser Leben zu sichern, hat aber dennoch kaum Kontakt zu seinem Vater. Ich habe nicht die geringste Ahnung was zwischen den beiden vor 8 Monaten passiert ist aber um ehrlich zu sein ist es mir auch egal. Ich mochte ihn noch nie.

Erneut reißt mich mein Wecker aus den Gedanken. Scheiße, ich muss in 10 Minuten los! Schnell und leise eile ich ins Schlafzimmer und öffne meinen begehbaren Kleiderschrank. Heute entscheide ich mich für ein beigefarbenes Strickkleid und eine schwarze Strumpfhose. Ich binde mir meine langen braunen Haare zu einem strengen Pferdeschwanz hoch und steige in meine Overknees. Ich schleiche zu Jake und wie jedes Mal, wenn ich vor ihm das Haus verlasse, drücke ich ihm vorsichtig einen Kuss auf die Lippen.

»Geh nicht Baby, komm zurück ins Bett. Deine Wärme fehlt mir jetzt schon.«

Ich liebe es wie er im Schlaf vor sich hin plappert. Wäre er wirklich wach, hätte er es wahrscheinlich nicht so direkt zugegeben.

Für einen kurzen Moment denke ich wirklich daran mich zu ihm zu kuscheln, doch diesen Gedanken lege ich schnell wieder beiseite. Ich muss arbeiten, auch wenn ich das Geld nicht brauche, aber Ich brauche diese Freiheit.

»Heute Abend bin ich wieder genau hier, neben dir. Ich liebe dich, Jake.«

Er murmelt etwas unverständliches vor sich hin und dreht sich mit dem Rücken zu mir. Ich schnappe mir meine Tasche und ohne etwas zu essen, verlasse ich das Haus.

Hoffentlich schaffe ich es noch zum Bäcker. Noch nie bin ich schneller gerannt als heute und wie der Teufel es will, renne ich direkt einer dunklen Gestalt in die Arme.

»Scheiße, es tut mir leid. Ich bin zu spät dran, Gott, es tut mir leid!«

Als ich dem Mann vor mir ins Gesicht sehe, entgleiten mir alle Gesichtszüge. Er ist es! Der Mann mit den strahlend braunen Augen!

»Guten Morgen, Freya. Bist du gut nachhause gekommen?«

War diese Stimme gestern auch schon so tief? So verdammt verführerisch?

»Hallo, ähm, wie heißt du überhaupt?«

Ein Lächeln entblößt seine makellosen weißen Zähne. Gott, sieht dieser Mann gut aus.

»Killian, freut mich dich offiziell kennenzulernen.«

Ich ergreife die Hand, die er mir hinhält und bekomme augenblicklich eine Gänsehaut.

»Hallo, Killian. Ich würde mich ja wirklich gerne weiter mit dir unterhalten, aber ich komme zu spät zur Arbeit und muss dringend noch einen Kaffee trinken und eine Kleinigkeit essen.«

Ich versuche mich an ihm vorbei zu drängen, doch wie schon im Park, hält er mich am Handgelenk fest.

»Hier nimm. Schwarzer Kaffee und ein Bagel, ich hol mir einen neuen.«

Er kommt wirklich wie gerufen! Auch wenn es überhaupt nicht meine Art ist, nehme ich ihm die Sachen ab.

»Danke, Killian. Ich schulde dir was!«

Ohne seine Antwort abzuwarten, renne ich die Straße entlang und schaffe es tatsächlich 10 Minuten vor Ladenöffnung anzukommen. Zum Glück reicht es noch etwas zu essen und meinen Kaffee zu trinken. Pünktlich um 9 Uhr schließe ich den Laden auf und gehe die Bestellungen durch. 15 Bücher sollen heute abgeholt werden. Endlich Kundschaft!

Die Türglocke ertönt und ich bleibe erschrocken stehen. Jake betritt, zum ersten Mal, seit ich hier arbeite, den Laden.

»Hallo, ich bin auf der Suche nach der schönsten Verkäuferin. Ich habe eine Lieferung für sie.«

Er kommt mit einem dampfenden Becher und einer Tüte von der Bäckerei auf mich zu.

Mir läuft es eiskalt den Rücken runter, er hätte mich sehen können. Er hätte gesehen wie ich, wie eine Wilde, in Killians Arme gerannt bin und sofort hätte er sich irgendetwas zusammengereimt.

»Du warst heute Morgen wieder spät dran und ich dachte ich bringe dir dein Frühstück.«

Ich umrunde den Kassenbereich und werfe mich in seine Arme. Ich habe keine Ahnung was in ihn gefahren ist, will es aber auch nicht hinterfragen. Ich liebe die fürsorgliche Art an ihm. Er zeigt sie mir viel zu selten. Auch wenn ich gerade erst gefrühstückt habe, nehme ich ihm die Sachen ab und küsse ihn.

»Danke, Jake, ich sollte wirklich früher aufstehen. Was hast du heute noch vor?«

Er setzt sich auf einen der Sessel, als die Türglocke erneut ertönt.

Meine absolute Lieblingskundin betritt den Laden und kommt lächelnd auf mich zu.

»Hallo Liebes, ich wollte nur fragen, ob die Buchreihe angekommen ist, die ich bestellt habe.«

»Hallo Mrs Green, ich bin gerade dabei die Bestellungen zu bearbeiten. Ich laufe schnell zum Lieferanteneingang und schaue, ob sie schon angekommen sind. Einen Moment bitte.«

Ich laufe an Jake vorbei und gehe auf direktem Weg nach hinten.

Gerade als ich die Türe zum Hinterhof geöffnet habe, spüre ich sie, eine starke dunkle Präsenz. Ich hebe meinen Kopf und sehe ihn.

Killian, der an der gegenüberliegenden Hauswand lehnt und mich mit abwertendem Blick ansieht.

»Ich hätte dir wohl auch dein Frühstück in den

Laden bringen sollen, um dieses wunderschöne Lächeln und diesen Kuss von dir zu bekommen.«

Was soll das denn werden? Langsam, wie eine Antilope, kommt er auf mich zu. Erst jetzt fällt mir auf wie groß und muskulös er ist. An seinem Hals blitzt ein Tattoo heraus, welches zum Großteil von seiner Jacke verdeckt wird. Er strahlt das pure Böse aus und obwohl ich sollte, habe ich keine Angst vor ihm.

»Er ist mein Verlobter. Du bist ein Fremder, soll ich dich etwa trotzdem küssen?«

Ich klinge bei weitem nicht so abgeneigt, wie ich eigentlich sollte.

Killian bleibt direkt vor mir stehen. Er ist mir so nah, dass ich seinen Duft in meiner Nase riechen kann. Sandelholz und Amber. Gott, bisher habe ich nie daran gedacht, den Geruch eines Menschen definieren zu können, geschweige denn ihn anziehend zu finden.

Jake! Nein, Freya, reiß dich zusammen!

»Ich hätte nichts dagegen gehabt, kleiner Engel. Und ein Fremder muss ich für dich auch nicht sein.«

Der spinnt doch! Hat er mir denn gestern nicht zugehört?

»Killian, verschwinde! Ich habe dir gesagt das ich verlobt bin! Du hast ihn gestern kennengelernt. Jake, erinnerst du dich? Was tust du denn überhaupt hier?«

Egal wie viel Abstand ich versuche zwischen uns

zu bringen, Killian kommt immer näher. Das ist verboten, ich kann Jake das nicht antun.

»Ich bin hier, weil ich immer dort sein werde, wo du bist. Ich werde zu deinem Schatten, Freya. Und irgendwann werde ich dich in den Nebel ziehen.

Du wirst diejenige sein, die mich darum bittet dich mit mir zu nehmen.«

Bevor ich etwas dagegen sagen kann, verschwindet er. Was zum Teufel wollte er mir damit sagen? Dieser Mann ist ein vollkommener Psychopath!

»Freya, ist alles okay bei dir?«

Ich höre Jakes Schritte hinter mir, zum Glück wird er Killian nicht zu Gesicht bekommen!

Schnell schnappe ich mir die Bestellungen und laufe ihm entgegen.

»Ja klar, ich habe nur den Karton nicht direkt gefunden.«

Er sieht skeptisch aus, spricht mich jedoch nicht darauf an.

»Hier bitte schön, Mrs Green, ihre Bücher. Zahlen sie bar oder mit Karte?«

Sie reicht mir ihre Karte, ich tippe den Preis ein und halte ihre Karte über das Gerät. Schnell drucke ich ihr die Rechnung aus und sie verlässt den Laden.

»Ich bin nicht nur wegen dem Frühstück vorbeigekommen, ich wollte dir persönlich sagen, dass du heute Abend nicht auf mich warten musst. Ich gehe mit ein paar Kumpels Poker spielen. Könnte auch sein das ich erst morgen früh wieder komme. Du weißt ja, wie lange es bei uns gehen kann.«

Zum Glück! So muss ich wenigstens nicht wieder unbefriedigenden Sex mit ihm haben und kann mein kleines Spielzeug zum Einsatz kommen lassen.

»Okay, pass auf dich auf, Schatz. Dann sehen wir uns morgen!«

Ich umrunde die Kassentheke und kuschle mich an seine Brust. Auch wenn es schön ist, mal wieder allein zu sein, werde ich ihn vermissen. Vor allem wenn ich daran denke, dass ich außer ihm niemanden mehr habe. All meine Freunde haben den Kontakt zu mir abgebrochen als ich mich mit Jake verlobt habe.

»Melde dich, wenn du Feierabend hast.

Ich liebe dich, Baby.«

Und weg ist er. Irgendwie verhält er sich seltsam, seit Wochen kommt es immer wieder vor, dass er abends mit irgendwelchen Kumpels pokert.

Ich habe kein Problem damit, dass er etwas mit Freunden unternimmt, im Gegenteil, aber irgendetwas sagt mir das es sich hierbei nicht um seine normalen Freunde handelt.

Als die Türglocke ertönt, versuche ich alle Gedanken beiseitezuschieben und konzentriere mich auf die Arbeit. Zu meiner Verwunderung ist heute die Hölle los. Wie gerne hätte ich eine oder zwei Kolleginnen, die außer mir hier arbeiten, aber die Quadratmeterzahl erlaubt außer mir nur eine weitere

Mitarbeiterin und das ist die Marktleitung.

Als ich gerade dabei bin, den Bestand neu aufzunehmen, läutet die Glocke erneut.

»Hey Pumpkin, können wir reden?«

Ich liebe meinen Vater einfach über alles. Obwohl ich diejenige war, die überstürzt abgehauen ist, kommt er auf mich zu und will sich versöhnen.

Ohne ihm zu antworten, springe ich ihm in die Arme.

»Eigentlich wollte ich ja nochmal mit dir schimpfen, aber ich habe gerade den Grund vergessen.«

Lachend setzt er mich ab und sieht mich wieder mit diesem Blick an, den ich so liebe. Die Augen meines Vaters sind so voller Wärme.

So voller bedingungsloser Liebe. Sofort bereue ich es, ihn nicht jeden Tag zu sehen. Er ist mein Held, mein Fels in der Brandung.

Die einzige Familie die ich je hatte. Ich darf ihn nicht verlieren, niemals, nicht mal wegen Jake.

»Ich liebe dich, Papsi, es tut mir so leid, ich hätte nicht einfach gehen dürfen.«

Er zieht mich wieder in seine Arme, sofort ist alles wieder gut.

»Ich wollte das nicht so stehen lassen, Freya. Du bist mein Kind und ich liebe dich mehr als alles andere. Es ist vollkommen normal, dass ich mir Sorgen um dich mache, das ist meine Berufung. Auch wenn du es nicht hören willst, du wirst immer mein kleines Mädchen bleiben.

Sollte das aber nochmal vorkommen, dann, mein

Kind, bringe ich ihn um. Hast du mich verstanden?«

Ich weiß genau, dass er es tun würde. Er würde alles für mich tun, so wie er es mein Leben lang schon gemacht hat.

Ich weiß nicht, was ich darauf antworten soll und nicke, während er durch die Gänge schlendert.

Er liebt es hier zu sein. Selbst als ich hier noch nicht gearbeitet habe, verbrachte er viel Zeit in diesem Laden. Er sagte immer es würde ihn an meine Mutter erinnern.

Ich lasse ihn in Erinnerungen schwelgen und widme mich gerade wieder meiner Arbeit, als ich sehe, wie unter der Kasse mein Handy aufleuchtet.

Unbekannt:

Wie isst du deine Pizza am liebsten?!

Das kann doch wohl nicht sein Ernst sein? Es gibt nur einen der mich anschreiben könnte, ohne dass ich seine Nummer habe. Killian! Ich bin gerade dabei mein Handy wegzulegen als eine neue Nachricht erscheint.

Unbekannt:

Nein! Du wirst mich sicherlich nicht ignorieren.
Sag mir was ich wissen will oder ich komme rein und
küsse dich vor den Augen deines Vaters!

Verdammter Psychopath, wie kann er es wagen so etwas zu sagen? Woher weiß er überhaupt das mein Vater hier ist?

Ein Blick nach draußen beantwortet meine Frage. Killian steht auf der anderen Straßenseite und betrachtet sein Handy.

Wieso tut er das? Was will dieser Mann von mir?

Ich:

Ich habe keinen Hunger! Ich will das du gehst Killian!
Hör auf mich zu beobachten.
Ich will nichts mit dir zutun haben!

Ich kann deutlich sehen, wie sich seine Nasenflügel aufblähen. Er schiebt sein Handy in die Hosentasche und bewegt sich langsam auf meinen Arbeitsplatz zu. Er meint das wirklich ernst! Schnell tippe ich noch eine Nachricht, in der Hoffnung er liest sie, bevor er etwas dummes tut.

Ich:

> **Salami Pizza!!**

Er bleibt stehen und schaut grinsend auf sein Handy, sofort dreht er um und stellt sich wieder an seine vorherige Position.

Unbekannt:

> Fordere mich nicht heraus mein Engel.
> Ich halte immer mein Wort merk dir das.
> Ich warte nach der Arbeit auf dich.

Ich lösche den Nachrichtenverlauf und konzentriere mich wieder auf meine Arbeit. Naja, ich versuche es zumindest. Nach einer Stunde fällt mir auf, dass mein Vater immer noch da ist.

Er kommt mit einem Stapel Bücher zu mir an die Kasse.

»Ich muss sie leider alle haben, Pumpkin. Gut für deine Kasse, schlecht für meinen Geldbeutel.«

Lachend kassiere ich ihn ab und begleite ihn anschließend zur Türe. Aus dem Augenwinkel kann ich sehen, wie Killian jede meiner Bewegungen beobachtet.

»Sehen wir uns am Freitag? Ohne Streit, nur wir beide? Was sagst du, Pumpkin?«

Wie könnte ich dazu jemals nein sagen?

»Was ist denn das für eine Frage, natürlich Papsi. Ich freue mich!«

Er drückt mir einen Kuss auf die Stirn und geht. Ohne Killian eines Blickes zu würdigen, betrete ich den Laden. Diesmal schaffe ich es sogar mich auf die restliche Arbeitszeit zu konzentrieren.

Kapitel 4

Freya

Wie verlangt schreibe ich Jake eine Nachricht als ich Feierabend habe und verlasse daraufhin den Laden. Ich konnte schon aus dem Inneren des Ladens sehen, das Killian immer noch an derselben Stelle steht, wie heute Nachmittag.

»Musst du nicht irgendwann mal für kleine Königstiger?«

Er ignoriert meinen Spruch und führt mich mit seiner Hand auf meinem Rücken zu einem schwarzen BMW M8. Heilige scheiße, dieses Auto ist ein Traum!

Killian öffnet mir die Beifahrertüre.

»Steig ein. Wir holen dir etwas zu essen.«

Sein Blick erlaubt keine Widerrede, doch ich wäre nicht ich, wenn mir das nicht egal wäre.

»Ganz bestimmt nicht, Killian! Ich kenne dich doch überhaupt nicht! Wer sagt mir denn, dass du nicht ein Serienkiller bist und mich als dein nächstes Opfer ausgewählt hast? Und wenn das noch nicht Grund genug ist. ICH BIN VERLOBT!«

Ich habe erwartet, dass er mich betäubt, mich

schlägt oder mich irgendwie anders außer Gefecht setzt, aber nicht damit, dass er die Autotür zuschlägt und mich an der Hand die Straße entlang zieht.

»Du kannst dir nicht vorstellen, wie egal es mir ist, dass du verlobt bist, Freya. Und selbst wenn ich dieser Serienkiller bin, würde ich dir niemals auch nur ein Haar krümmen!«

Fuck, hat er gerade zugegeben das er ein Killer ist? Das meint er doch wohl nicht ernst?

Und wie ernst er es meint, dass zeigt mir sein Blick klar und deutlich!

»Du… du hast schonmal einen Menschen…«

Er bleibt stehen und drückt mich an die nächste Hauswand. Ich sollte panisch werden, doch nichts passiert. Verdammt, wo bleibt meine Angst?!

»Ja, Freya, ich habe nicht nur einen Menschen umgebracht, sondern schon mehrere hundert. Und weißt du was? Es tut mir nicht im geringsten Leid! Sie haben es alle verdient! Jeder einzelne von ihnen, wenn du es genau wissen willst.«

Immer noch fehlt von meiner Angst jede Spur.

»Und wieso solltest du gerade bei mir eine Ausnahme machen? Wieso solltest du gerade mir niemals wehtun?«

Meine Stimme ist kaum zu hören. Er lässt meinen Arm, den er mir über den Kopf gehalten hat, los und setzt sich wieder in Bewegung.

»Ich könnte niemals eine Frau verletzen. Egal

was sie getan hat. Selbst wenn du mir eine Pistole an die Stirn halten solltest, ich würde dich abdrücken lassen, bevor ich dir wehtun würde.«

Auch wenn ich es nicht sollte, ich glaube ihm jedes einzelne Wort. Stumm laufen wir gemeinsam die Straße entlang. Ich will gar nicht wissen was die Menschen denken, denen wir entgegenlaufen. Wir sehen vollkommen verschieden aus. Er ist bestimmt 1.90 Meter groß, wohingegen ich mit meinen 1.60 Meter ihm nicht mal bis zur Schulter reiche. Er hat eine pechschwarze Aura, ich hingegen sehe neben ihm aus wie ein Engel.

Ich habe keine Tattoos, er jedoch hat welche.

Wir könnten verschiedener nicht sein. Ohne dass es mir aufgefallen ist, stehen wir vor einer Pizzeria von der ich noch nie etwas gehört habe. *Da Marco* steht in großen leuchtenden Buchstaben über dem Eingang.

Auch wenn ich direkt um die Ecke arbeite, war ich noch nie zuvor in diesem Teil der Stadt.

Ich schaue mich um und erstarre. Killian fällt das sofort auf.

»Was ist los, kleiner Engel? Wieso schaust du so schockiert?«

Ohne ihm zu antworten, überquere ich die Straße und laufe direkt auf ein zwielichtiges Gebäude zu.

»Freya, bleib sofort stehen!«

Ohne mich auch nur umzudrehen, laufe ich in das Gebäude, vor dem mehrere dutzend

Motorräder stehen.

Was zum Teufel würde er hier wollen? Im Clubhouse der *Death Bastards*? Wieso um alles in der Welt steht hier draußen das Auto meines Verlobten?

Bevor der Türsteher mich erwischt, laufe ich geduckt unter seinem Arm durch und werde von lauter Musik empfangen. Der Raum ist voller Rauch und stinkt nach Alkohol. Ein kurzer Blick reicht aus und ich sehe Jake, wie er mit 8 Männern um einen der Pokertische sitzt und vor ihm bestimmt 2000 Pfund liegen. Er sitzt wie ein König zwischen den Männern in Lederkutten. Was denkt er sich dabei mit diesen Kriminellen an einem Tisch zu sitzen, vor allem mit so viel Geld vor sich. Ich laufe geradewegs auf ihn zu als ich von hinten an der Taille umschlungen und hinausgetragen werde. Erst auf der anderen Straßenseite werde ich heruntergelassen.

»Hast du denn jetzt vollkommen den Verstand verloren? Du kannst doch nicht einfach in die Höhle der Bastards laufen! Die sind verdammt gefährlich!«

Wütend will ich sofort wieder zurücklaufen, doch Killian hält mich am Arm zurück.

»Du willst mir etwas über gefährliche Typen erzählen? Wirklich, Killian? Du hast mir vor nicht mal 20 Minuten erzählt das du mehrere hundert Menschen auf dem Gewissen hast, aber von dir soll ich mich nicht fernhalten? Mit dir soll ich essen gehen und meinen Verlobten verlassen? Tickst du noch ganz richtig? LASS MICH LOS, ICH MUSS ZU IHM!«

Sein Griff um meinen Arm wird stärker, jedoch nicht so, dass er mir wehtut.

»Freya, bitte, ich will dich nicht auf offener Straße über meine Schulter werfen und in diese scheiß Pizzeria tragen! Diese Männer sind anders als ich! Sie würden dich töten, ohne mit der Wimper zu zucken oder schlimmeres mit dir anstellen.«

Gedankenverloren lässt er meinen Arm los und starrt ins Leere. Irgendwas beschäftigt ihn und es scheint mit den Bastards zu tun zu haben. Er beginnt am ganzen Körper zu zittern. Selbst wenn ich ihn vor mir stehen sehe, ist er mit seinen Gedanken wo anders.

»Killian, komm lass uns gehen. Du hast Recht, ich hätte da nicht rein gehen sollen.«

Er zeigt keine Reaktion. Scheiße, das macht mir Angst, sehe ich auch immer so aus, wenn ich in Gedanken versunken bin? Was mach ich denn jetzt?

Er selbst ist auch gefährlich, er stalkt mich schon den ganzen Tag und langsam bin ich mir sicher, er war da. Er hat mir und Jake zugeschaut, ich habe es mir nicht eingebildet! Ich weiß nicht, was das alles soll. Ich weiß nicht, wieso Jake mit diesen Monstern an einem Tisch sitzt.

Ich weiß nicht, wieso Killian mich seit zwei Tagen nicht in Ruhe lässt und wieso er so penetrant ist. Doch was ich weiß, ist, dass ich ihn hier nicht so stehen lassen kann.

· · · · · · · · · · · · · ·

Killian

Tausend Bilder schießen mir durch den Kopf.
Der leblose Körper meiner Zwillingsschwester Kayla. Meine Mutter. Die Kugel die sich
zwischen ihre Augen bohrt.

Die Männer in Kutten. Mein Blut kocht, ich bin
ihnen so nah, ich könnte sie alle auf einmal töten und
keiner könnte mich aufhalten.

»Killian, komm lass uns gehen. Du hast Recht, ich
hätte da nicht rein gehen sollen.«

Die Stimme eines Engels hallt in meinem Kopf,
doch die Wut ist stärker. Der Schmerz ist stärker. Ich
kann mich nicht halten.

Diese Chance bekomme ich nie wieder. Ich muss
es tun. Jetzt genau in diesem Moment! Wie fernge-
steuert bewege ich mich auf die Höhle zu, doch in
der letzten Sekunde sehe ich plötzlich in bernstein-
farbene Augen.

»Killian, nicht, ich weiß nicht, wo du gerade bist,
aber bitte komm wieder ins hier und jetzt! KILLIAN,
BITTE, DU MACHST MIR ANGST!«

Sofort ist meine Wut verflogen.

Kleiner Engel, du darfst keine Angst vor mir haben, niemals!

»Killian?«

Gott, wie ich es liebe, wenn du meinen Namen sagst. Was hast du nur für eine Macht über mich? Nachdem ich gestern gesehen habe, wie du dich von diesem Idioten ficken gelassen hast, sind mir alle Sicherungen durchgebrannt!

Ich bin direkt in den nächsten Underground Club gefahren und habe drei Typen mit nur zwei Schlägen K.O geschlagen!

Ich hatte schon viele Frauen in meinem Leben, Gott weiß wie viele, aber keine, wirklich keine hat es geschafft mich im ersten Augenblick in ihren Bann zu ziehen.

Was hast du nur an dir, das mich direkt besessen von dir werden lässt. Ich habe die ganze Nacht versucht mehr über dich in Erfahrung zu bringen, tausende Pfund habe ich springen lassen, doch selbst der beste Hacker, den ich auf die Schnelle finden konnte, hat nichts über dich herausfinden können. Nicht mal deine Geburtsurkunde.

Du bist wie ein Geist.

Du existierst nicht.

Weißt du das überhaupt?

Wie ist deine Geschichte, kleiner Engel?

Kennst du deine Geschichte überhaupt oder müssen wir es zusammen herausfinden oder sie gar direkt neu schreiben?

»Killian, rede mit mir, bitte!«

Ich verbrenne, shit, deine Hand liegt auf meiner Schulter und trotz meiner Kleidung stehe ich in Flammen!

Mit welchem Fluch hast du mich belegt, kleiner Engel, wieso schreit mein ganzer Körper nach mehr?

Wieso, verdammt, will mein totgeglaubtes Herz mehr von dir?

Das geht nicht, zumindest noch nicht.

Erst muss ich diese Monster aus der Welt schaffen. Würden sie dich nur einmal zu Gesicht bekommen, würden sie dich holen.

Genau wie Kayla, genau wie meine Mom.

Konzentration, Killian, bring sie von hier weg!

»Es tut mir leid, kleiner Engel, lass uns dir was zu essen besorgen, dann werde ich dich nach Hause fahren. Keine Widerrede!«

Du nickst mir zu, du widersprichst mir nicht. Verdammt, du bist perfekt. Auch wenn ich es genießen würde dich zu bestrafen, würde ich dir niemals wehtun wollen.

Scheiße, Freya, du bist mein Untergang!

Kapitel 5

Freya

Ich kann keinen klaren Gedanken fassen. In was ist Jake da bloß hineingeraten? Ich kann mir kaum vorstellen, dass er freiwillig um so viel Geld spielt.

Das würde er nicht. Er lebt, wenn es nicht gerade um den Umbau in unserem Haus geht, sehr sparsam.

Soll ich ihn vielleicht einfach direkt darauf ansprechen? Aber wie wird er reagieren, wenn er erfährt, dass ich nach der Arbeit in diesem Teil der Stadt war, anstatt nach Hause zu gehen?

»Möchtest du noch etwas trinken, Freya?«

Verwirrt blicke ich mich um.

Wir stehen bereits in der Schlange, der Pizza TO GO Ausgabe und wieder einmal habe ich es nicht mitbekommen.

»Nein danke, ich nehme eine kleine Pizza. Mehr bekomme ich nicht runter, nachdem was ich gerade mitansehen musste.«

Stumm nickt er und gibt dem Mann hinter dem Kassentresen die Bestellung durch. Erst jetzt fällt mir auf wie schön es hier ist.

Wenn man die Gegend in den Vordergrund heben

würde, könnte man denken, das Essen wird von den Ratten aus der gegenüberliegenden Gasse selbst zubereitet. Doch das, was ich sehe, lässt mich staunen. Es ist wunderschön hier.

Die Pizzeria ist in zwei Bereiche aufgeteilt.

Auf der linken Seite ist jeder Tisch mit essenden Kunden besetzt. Von der Decke hängen über jedem Tisch Lampen, die aussehen wie Teelichter, das passt perfekt zu der braunen Backsteinwand.

Der weiße Boden und die farblich passenden Stühle und Sitzbänke verleihen dem Ganzen eine absolut gemütliche Atmosphäre.

Die rechte Seite ist eher weniger ruhig. Hier läuft alles auf Zack, die Bestellungen werden aufgegeben und die Mitarbeiter arbeiten jede von ihnen schnell ab, um nicht in Verzug zu kommen.

So ein Konzept ist mir vorher noch nie unter die Augen gekommen, doch jetzt würde ich mir wünschen in jedem Restaurant wäre es so.

Essen kochen lassen und es dann gemütlich zu Hause verspeisen, dasselbe könnte man zwar auch bei einem Lieferdienst, doch die sind mir noch nie ganz geheuer gewesen. Vor allem nicht, seit meine Pasta bei der letzten Lieferung offen war und die halbe Portion gefehlt hat.

Gerade als ich mich noch etwas weiter umsehen will, kommt Killian mit zwei dampfenden Kartons auf mich zu.

»Lass uns gehen. Ich habe den ganzen Tag eine

Frau beobachtet und konnte so nichts essen.«

Er zwinkert mir zu, dirigiert mich aus dem Laden und führt mich in die Richtung, aus der wir gekommen sind.

Ein Blick über die Schulter zeigt mir, dass Jakes Wagen immer noch vor dem Clubhaus steht.

»Killian, was war da vorhin mit dir los?«

Ich muss mich auf andere Gedanken bringen, auch wenn ich ihm damit eventuell Signale sende, die er falsch versteht. Denn eins ist sicher, ich werde Jake nicht verlassen. Vor allem nicht für einen Mann, von dem ich gerade mal weiß, wie er heißt.

Ah, und ja, wie konnte ich das vergessen, etwas weiß ich ja noch über ihn. Er. Ist. Ein. Mörder!

»Das kann ich dir nicht sagen. Noch nicht, ich will nicht das dein Wissen dich in Gefahr bringt.«

Ja klar, von wegen!

»Ah ja, verstehe, aber das ich weiß, dass du ein Mörder bist, der mich zum Essen einlädt, das bringt mich nicht in Gefahr?«

Er schiebt sich die Kapuze vom Kopf und fährt sich durch die Haare.

Ohne dieses Ding auf dem Kopf sieht er direkt weniger gefährlich aus, dafür aber besser und das ist noch weniger gut.

»Ich habe es dir schon einmal gesagt, ich werde dir nicht wehtun, Freya! Nicht ein Haar würde ich dir krümmen, ich bin ein Monster, aber nicht so eins.«

Verdammt, ich kann einfach nicht verstehen, wieso ich ihm jedes Wort glaube. Das sollte ich nicht, eher sollte ich das Weite suchen und nie wieder ein Wort mit ihm wechseln, doch das will ich irgendwie nicht.

Er sieht mich mit diesem interessierten Blick an, dieser der zeigt, dass er alles über mich erfahren will.

Jedes Geheimnis, jeden Gedanken, jedes Gefühl einfach alles.

Bei seinem Wagen angekommen, öffnet er mir die Türe und ohne mich zu widersetzen steige ich ein.

Irgendetwas scheint mit mir nicht zu stimmen. Wie kann ich so blauäugig bei ihm einsteigen? Wer versichert mir das ich hier lebendig rauskomme?

Er lenkt den Wagen durch die Stadt und hält direkt vor dem Park, in dem ich ihn zum ersten Mal gesehen habe. Wie auch an diesem Tag, setzen wir uns auf die Bank und essen stumm unsere Pizzen, als plötzlich mein Handy klingelt. Scheiße! Es ist Jake, ich bin geliefert!

Mit zittrigen Fingern nehme ich seinen Anruf entgegen.

»Hallo?«

Ich kann deutlich die laute Musik im Hintergrund hören.

»WO BIST DU?! DIE ALARMANLAGE WURDE NICHT ENTSICHERT! FREYA, ICH WARNE DICH WENN DU MIT IRGENDEINEM ANDEREN BIST, WIRD ES NICHT GUT FÜR DICH AUSGEHEN!«

Himmel, wie konnte ich das vergessen?

Unser Haus ist mit einer der besten Alarmanlagen gesichert. Sobald jemand das Haus betritt oder verlässt, wird eine Meldung auf unsere Handys geschickt.

»ANTWORTE MIR VERDAMMT NOCHMAL! WO ZUM TEUFEL BIST DU?«

Jetzt erst fällt mir auf wie betrunken er ist. Oh Gott, ich sollte ihm heute nicht mehr unter die Augen kommen, so viel steht fest.

»Ich… Jake, beruhig dich, ich habe mir nach der Arbeit eine Pizza geholt und bin gerade auf dem Heimweg. Wo bist du, wieso ist es bei dir so laut?«

Wehe, er lügt mich an!

»Wo bist du gerade, Baby, soll ich dich einsammeln und wir gehen gemeinsam nach Hause?«

Verdammtes Arschloch! Jetzt versucht er wirklich ernsthaft, mich mit seiner sanften Seite davon abzulenken nicht erneut zu fragen, wo er ist.

»Ich bin gleich zuhause, also ist es nicht nötig. Jake, wo bist du?«

Ich sehe Killian vor mir von einem Fuß auf den anderen wippen. Er mahlt mit seinem Kiefer und sein wütender Blick ist nicht zu übersehen. Er sieht aus, als würde er jeden Moment in die Luft gehen.

»Du kennst doch sicher noch Aaron aus meinem Footballteam? Er hat Geburtstag und schmeißt heute eine kleine Hausparty. Keine Sorge, Liebste, es sind keine Frauen anwesend.«

Dieser durchtriebene Lügner! In seinem Scheiß-team gibt es überhaupt keinen Aaron! Und die verdammten Weiber interessieren mich einen Scheiß!

»Alles klar, dann wünsche ich dir noch einen schönen Abend. Wir sehen uns.«

Ohne ihn antworten zu lassen, beende ich das Gespräch und stehe auf.

»Kleiner Engel, mach jetzt nichts dummes!«

Killian wirft unsere leeren Kartons in den Mülleimer und eilt mir hinterher.

»Wieso lügt er mich an, Killian? Das hat er noch nie gemacht! Wieso behauptet er, er sei bei einem Aaron aus dem Team, wenn dort keiner mit diesem Namen ist! Wieso tut er sowas?«

Ich kann sehen, wie ihm jegliche Farbe aus dem Gesicht weicht.

»Bist du sicher, dass er Aaron gesagt hat?«

Seine Stimme klingt, wie die eines Toten, natürlich falls diese reden könnten.

Vollkommen emotionslos, kalt und distanziert.

»Ja ich bin mir sicher, er ist vollkommen ausgerastet, weil ich noch nicht zuhause bin und plötzlich war er ganz anders. Das liegt sicher am Alkohol, aber was hat es mit diesem Typen auf sich? Wieso lügt er? Wieso stehe ich überhaupt hier mit dir? Ich bin doch keinen Deut besser als er! Geh mir aus dem Weg, ich gehe jetzt nach Hause und warte auf meinen Verlobten! Ich will das du dich von mir fernhältst, Killian, ich meine es ernst!«

Wütend dränge ich mich an ihm vorbei, doch weit komme ich nicht.

»Du gehst nirgendwo alleine hin, Freya, und ich werde dich auch sicherlich nicht in Ruhe lassen, dass kannst du vergessen!«

Wieso passiert mir das alles? Erst die Ohrfeige von Jake, seine Lügen. Der Streit mit meinem Vater und jetzt auch noch ein Stalker?

Gut, ein verdammt gutaussehender Stalker.

Wenigstens ist er nicht einer von der Sorte, die einem in der Dunkelheit auflauern und sich einem mit Tierkadavern oder ähnlichem kranken Shit zu erkennen geben.

Trotzdem, ich will das alles nicht!

»Lass mich los oder ich schreie!«

Meine Drohung scheint ihm egal zu sein, er zieht mich behutsam zu seinem Wagen, öffnet die Türe und wartet darauf, dass ich einsteige.

Einen Scheiß werde ich! Ich schlage ihm mit der Faust in den Magen, doch auch das bringt ihn nicht dazu sich von mir zu entfernen.

»Kleiner Engel, bitte steig einfach ein! Sonst trage ich dich nach Hause, du hast die Wahl!«

Ja klar, er will mich 3 Meilen auf den Händen tragen, für wen hält er sich? Superman?

Ich entziehe ihm meinen Arm und laufe an ihm vorbei. Ich lasse mir von meinem Stalker nichts sagen, Mörder hin oder her.

Ich laufe zurück in den Park, von hier aus ist

der Heimweg viel kürzer.

Gerade als ich die Hälfte erreicht habe, werde ich herumgerissen und lande kopfüber auf einer muskulösen Schulter.

Der hat sie doch nicht mehr alle!

»Killian, lass mich sofort runter! Bist du wahnsinnig?«

Er kann mich doch nicht einfach so nach Hause tragen!

»Ich habe dir heute Morgen schon gesagt, ich halte immer mein Wort. Ich werde dich nicht durch die Dunkelheit laufen lassen, vor allem nicht, wenn dein heiliger Verlobter meint sich mit Aaron abzugeben. Vergiss es!«

Es ergibt keinen Sinn mich zu wehren, er wird mich ohnehin nicht loslassen, also lasse ich es über mich ergehen.

Nach 30 Minuten Fußweg, sind wir endlich angekommen.

»Danke, fürs nach Hause tragen, den Rest schaffe ich allein. Du kannst jetzt gehen, Killian, und bitte, komm nicht wieder.«

Ich drehe mich auf dem Absatz um und laufe auf das Haus zu, als ich ihn rufen höre:

»Ich werde nicht wiederkommen, das brauche ich gar nicht, denn ich werde nicht gehen, Freya. Egal wo du bist, ich bin da, auch wenn du mich vielleicht nicht immer siehst. Ich bin dein Schatten, vergiss das nicht.«

Freak!

Ohne ihm jegliche Beachtung zu schenken, lasse ich ihn stehen.

Ich kann von Glück reden, das Jake bis jetzt nicht zuhause ist. Das Ausmaß seiner Wut will ich mir nicht vorstellen. Da ich dank Killians Hartnäckigkeit schon gegessen habe, beschließe ich mich in die Wanne zu legen.

Ein wenig Entspannung wird mir guttun!

Bei der Auswahl an ätherischen Ölen, bleibe ich jedes Mal aufs Neue mindestens fünf Minuten vor dem Schrank stehen.

Heute entscheide ich mich für Lavendel, auch wenn ich den Geruch nicht sonderlich ausstehen kann, soll es nicht nur beim Entspannen, sondern auch beim Einschlafen helfen.

Während ich die Wanne volllaufen lasse, entledige ich mich meiner Kleidung und lasse mich anschließend grübelnd in das heiße Wasser sinken.

Sofort fühlt sich mein Körper um das Hundertfache leichter an.

Ich begreife einfach nicht, warum das alles gerade passiert. Jake war vor unserer Beziehung ein wahrer Frauenheld, jede Frau, die einigermaßen attraktiv war, lag schon unter ihm. Immer wieder hat er versucht auch an mich heranzukommen, doch für mich war er nie von Belang. Mir war es wichtiger gute Noten zu haben und meinen Vater mit dem Job in der Bücherei finanziell zu unterstützen, das hat auch gut geklappt bis zu diesem einen bestimmten Abend.

Ich habe gerade den Laden abgeschlossen, als vor der Tür eine Gruppe von Mädels stand und auf mich gewartet hat. Die Anführerin dieser Clique, Christina Johnson, hatte mich schon eine ganze Weile auf ihrer Abschussliste. Seit ihr zu Ohren gekommen ist, dass Jake ein Auge auf mich geworfen hat und sich deswegen nicht für sie interessiert, sind ihr die letzten funktionierenden Gehirnzellen durchgebrannt.

Sie hat ihre Freundinnen dazu angestiftet, mich in eine dunkle Gasse zu ziehen, um mich dort zu verprügeln.

Zu ihrem Pech, waren Jake und seine Jungs auch da und konnten das ganze verhindern.

Von diesem Tag an wurden wir unzertrennlich. Einen Monat nach diesem Abend, fragte er mich, ob ich nicht endlich sein Leiden beenden und seine Freundin werden will.

Ich habe, ohne zu zögern, ja gesagt.

Ich konnte mir keinen anderen als ihn an meiner Seite vorstellen, trotz der Warnungen, die meine Freundinnen in meine Richtung losgeworden sind.

Sie akzeptierten meine Entscheidung, jedoch nur bis zu dem Tag, als ich mit einem Verlobungsring am Finger zu ihnen kam.

Seit diesem Tag war ich allein, hatte nur noch meinen Vater und Jake, ich dachte wirklich es wäre die richtige Entscheidung.

Ich war der Meinung, gerade weil wir beide noch

so jung sind, würden wir es schaffen, ehrlich zueinander zu sein, und den anderen zu respektieren, doch wie es scheint, habe ich mich getäuscht.

Wenn er es für richtig hält mich derart zu belügen, obwohl er weiß, wie ich auf sowas reagiere, dann soll er das tun.

Der Motor von Jakes Wagen reißt mich aus den Gedanken. Schnell lasse ich das Wasser in den Abfluss ablaufen, ziehe mir meinen Pyjama an, den ich mir bereit gelegt habe und renne ins Schlafzimmer.

Auf Sex mit einem betrunkenen Jake kann ich genauso verzichten wie mit einem nüchternen.

Gerade als ich mich hingelegt und zugedeckt habe, betritt er leise das Schlafzimmer. Ich kann hören wie er seinen Gürtel öffnet und sich die Schuhe von den Füßen streift.

Nachdem er seine Hose losgeworden ist, senkt sich die Matratze und sein warmer, nach Alkohol riechender Atem kommt mir entgegen.

Gott, ist das ekelhaft!

Es kostet mich so viel Beherrschung mich nicht zu übergeben. Er drückt mir einen Kuss auf den Hinterkopf und entfernt sich ein Stück von mir. Ungewohnt, wenn man bedenkt, dass er nachts sonst immer an mir klebt, als wäre er meine zweite Haut.

»Wieso musste ich mich nur in dich verlieben, Freya? Wieso musstest du so perfekt sein? Wieso nur bedeutest du mir mehr als die Welt? Wie hast du das geschafft, Baby?«

Wenn er wüsste das ich jedes seiner Worte hören kann, würde er sie niemals laut aussprechen, so viel steht fest.

»Du hast keine Ahnung, was du damit angerichtet hast. Niemals hätte ich die Liebe für dich zulassen dürfen. Niemals! Der gesamte Plan ist gescheitert, für kein Geld der Welt, werde ich dich verraten.

Scheiße, ich liebe dich so sehr.«

Was redet er denn da? Was für einen Plan und an wen will er mich nicht verraten? Ich muss es wissen! Die Tatsache das er betrunken ist, wird mir vielleicht Antworten bringen. Langsam und verschlafen drehe ich mich zu ihm.

»Hallo Schatz, ich habe dich gar nicht kommen hören«, gähne ich gespielt und setze mich leicht auf.

»Wollte dich nicht wecken, weiß ja wie du es hasst, wenn ich trinke.«

Nichts mehr, von dem Mann, der diese Dinge gerade zu meinem schlafenden ich gesagt hat, ist übrig.

»Ist alles okay, Jake? Du wirkst irgendwie so, als würde dich etwas beschäftigen.«

Vielleicht bekomm ich ihn ja auf diese Tour.

»Es ist nichts, Baby. Komm her, küss mich.«

Oh Himmel, nein! Wieso musste ich ihn auch ansprechen, war ja klar, dass es auf Sex hinausläuft!

»Lass uns schlafen, Jake, ich bin wirklich müde.«

Sein Blick ist jetzt schon so dunkel wie der eines Löwen. Niemals wird er mich einfach so schlafen lassen, das ist klar.

»Ich mache schnell, ich weiß genau wie du es brauchst, damit du schnell kommst.«

Klar, wenn das nur so wäre.

Er zieht mich an sich und verteilt eine Spur aus Küssen von meinem Ohr bis hin zu meinem Hals.

»Zieh das aus, ich habe dich viel lieber nackt neben mir.«

Wie immer tue ich was er verlangt, ziehe mir den Pyjama aus und liege nur in Höschen bekleidet vor ihm.

»Freya, du bist so verboten schön. Gott, ich kann mir nicht annähernd eine andere Frau an meiner Seite vorstellen!«

Er beugt sich über mich und beginnt zärtlich meine bereits von der Kälte harten Nippel mit seiner Zunge zu umkreisen. Auch wenn ich eigentlich keine Lust habe, spüre ich das Kribbeln, das durch seine Berührungen ausgelöst wird.

Jake fährt quälend langsam mit seiner Zunge von meinen Brüsten weiter zu meinem Bauchnabel und kommt endlich an meiner nach mehr verlangenden Mitte an.

»Fuck, Baby, ich kann deine Lust riechen. Ich kann es kaum abwarten dich zu schmecken.«

Mit diesen Worten schiebt er meinen Slip zur Seite, und taucht mit seiner Zunge tief in meine Pussy ein. Das ist das Einzige, was mich bei ihm Lust empfinden lässt.

Mit kreisenden Bewegungen fährt er über meinen

Kitzler und taucht dann wieder tief in mich ein. Doch wie jedes Mal, kurz bevor ich komme, hört er auf und schiebt grob seinen Schwanz in mich. Sofort vergeht mir die Lust und ich lasse es einfach über mich ergehen.

Soll wenigstens er seinen Spaß haben.

Nach einigen Stößen kann ich spüren, wie er in mir zu zucken beginnt.

»Ja! Oh Gott, Jake, genau so! Ich komm gleich.«

Wie jedes Mal wirken diese Worte wunder und er bricht während seines Höhepunkts auf mir zusammen.

»Ich liebe dich, Prinzessin.«

Den Namen hat er mir zuvor noch nie gegeben. Was ist denn nur los mit ihm?

»Ich liebe dich auch, Jake. Jetzt komm lass uns schlafen.«

Er rollt sich von mir und ich drehe mein Gesicht in Richtung Fenster.

Und wieder, wie schon beim letzten Mal, steht er unter einer der Laternen. Ich kann seine leuchtenden Augen auf mir spüren.

Er bewegt sich nicht, keinen Millimeter, er starrt einfach nur in meine Richtung.

Auch wenn ich weiß, dass es falsch ist, schlafe ich mit seinem Gesicht vor meinen Augen ein.

Kapitel 6

Freya

Lautes Gebrüll reißt mich aus meinem friedlichen Schlaf.

»Ich habe dir doch gesagt, ich bin raus, Dad! Ich mache diese Scheiße nicht, vergiss es! Ich werde dir das Geld, das du dir erhoffst, anders besorgen, aber lass verdammt nochmal Freya aus dem Spiel, ich warne dich!«

Auf Zehenspitzen laufe ich zur Tür, um besser lauschen zu können.

»Dad, bitte. Ich habe auch nicht gedacht das ich sie jemals lieben werde, aber jetzt ist es nun mal so.

Nein, ich habe schon einen Teil der Summe beisammen. Nein, ich habe nicht mit ihm geredet und das werde ich auch nicht. Es ist mir egal wieso er so gehandelt hat. Er wird seine Gründe gehabt haben. Ich muss jetzt los.«

Er beendet den Anruf und ich höre die Eingangstür ins Schloss fallen.

Wovon, zum Henker, hat er da eben geredet? Noch bevor ich durch die Tür treten kann, höre ich hinter mir ein seltsames Geräusch.

Vorsichtig drehe ich mich um und erstarre.

Er steht direkt vor mir. In meinem verdammten Schlafzimmer!

»Was von dem Satz "lass mich in Ruhe und verschwinde" hast du nicht verstanden, Killian?«

Als würde ich nicht vor ihm stehen, läuft er an mir vorbei und verriegelt die Tür.

»Drehst du völlig durch? Mach sofort die Tür wieder auf, Killian!«

Bevor ich ihn erreichen kann, packt er mich am Arm und drückt mich gegen die Wand.

»Warum, Freya? Warum lässt du dich von ihm ficken, er hat das nicht verdient! Er verdient dich nicht! Wieso tust du das, kleiner Engel? Willst du mich provozieren, ist das dein Ziel?«

»Sag mal spinnst du? Er ist mein Verlobter! Wann und wie oft ich ihn ficke geht dich nichts an! Hat dir die Show wenigstens gefallen? Hat es dir gefallen zu sehen, wie er mit seiner Zunge tief in mir war? Hat es dich hart gemacht?«

Sein Blick wird dunkel, das schöne Braun seiner Augen wirkt pechschwarz.

»Sag du mir, kleiner Engel, hat es dir denn gefallen? Hast du es genossen, dass er dich gefickt hat, als hätte er gerade sein erstes Mal gehabt? War es ein gutes Gefühl unbefriedigt schlafen zu gehen?«

Das ist nicht fair! Ich wollte hier die Oberhand haben!

»Hat er dich jemals zum Schreien gebracht, kleiner Engel? Hast du dich jemals so nach seinem

Schwanz gesehnt, dass das Laken unter dir tropfend Nass war?«

Wenn ich nur an die Lust denke, die er beschreibt, kribbelt es sofort in meinem Unterleib. Allein durch seine Worte schafft er das, was Jake fast nie schafft.

»Na, was ist jetzt, kleiner Engel, hat es dir die Sprache verschlagen?«

Arschloch.

»Was willst du hier, Killian? Bist du wirklich gekommen, um dich zu beschweren, weil ich mit Jake geschlafen habe?«

Endlich lässt er mich los und beginnt sich daraufhin umzusehen. Er stellt sich in die Mitte des Zimmers und dreht sich um seine eigene Achse. Sein Blick bleibt an den Bildern neben dem Fenster hängen.

Einige zeigen Jake mit seinem Football-Team, die anderen sind Selfies von uns beiden und das letzte ist ein Bild von mir.

Es ist das Lieblingsbild meines Vaters.

Es zeigt mich wie ich bei Sonnenuntergang auf der Brücke sitze, an der er meine Mutter kennengelernt hatte.

Genau wie sie, bin ich vertieft in eins meiner Lieblingsbücher.

»Das ist wunderschön, wo wurde das aufgenommen?«

»Das war in Spanien. An dieser Brücke haben sich meine Eltern kennengelernt.«

Er dreht sich zu mir und irgendwie kommt es mir so vor, als würde er mir nicht glauben.

»Du bist gebürtige Spanierin? Das hätte ich bei deinem Namen gar nicht gedacht.«

Irgendwie wirkt er total verwirrt, aber wenn ich so darüber nachdenke, hat er Recht.

Ich habe nie viel über meine Herkunft wissen wollen, der traurige Blick meines Vaters, wenn er an meine Mutter erinnert wurde, verletzte mich zu sehr. Irgendwann habe ich aufgegeben ihn danach zu fragen.

»Ich weiß nicht viel über meine Familie. Es gibt nur mich und meinen Vater. Meine Mutter ist bei meiner Geburt gestorben. Er hat mich die letzten 20 Jahre alleine großgezogen.

Großeltern oder andere Familienmitglieder habe ich, meines Wissens, nicht.«

Killian geht auf die Tür zu, schließt diese auf und geht. Was soll das denn werden?

»Kommst du? Ich würde gerne etwas trinken.«

Wie dreist kann ein Mensch sein? Er spaziert hier rein, als würde ihm das Haus gehören, als wäre er nicht gerade erst durch das Fenster eingebrochen.

Ich folge ihm in die Küche und beobachte ihn dabei, wie er die Schränke durchsucht, zwei Gläser herausholt und eine Wasserflasche aus dem Kühlschrank nimmt.

»Wieso bist du hier? Was bezweckst du mit all dem?«

Er setzt sich an den Esstisch, füllt beide Gläser mit Wasser und trinkt seines in einem Zug leer.

»Wie kann es sein das du, außer deinem Vater, keine Familie hast? Ich meine, jeder hat doch irgendwelche Tanten oder dergleichen.«

Hört er mir denn überhaupt zu? Was will er denn hören? Ich habe doch selbst keine Ahnung!

»Ich möchte das du gehst. Ich werde hier bestimmt nicht mit dir über meine Familiengeschichte reden, Killian. Bitte lass mich einfach in Ruhe!«

»Setz dich, Freya!«

Er zeigt auf den Stuhl, der gegenüber von ihm steht.

»Wirst du dann endlich gehen? Was sage ich Jake, wenn er dich hier sieht?«

Erneut zeigt er auf den Stuhl, ich verdrehe die Augen und folge seiner Anweisung.

»Wirst du mir jetzt bitte sagen, wieso du mich nicht mehr in Ruhe lässt? Wieso du nicht auf meine Bitte zu gehen eingehst? Was soll das alles?«

Killian schiebt mir das andere Glas Wasser zu, stützt seine Ellbogen auf dem Tisch ab und legt seinen Kopf auf seinen Händen ab.

»Wieso kennst du deine eigene Geschichte nicht?«

Der Typ will mich doch verarschen!

»Gegenfrage, wieso interessiert dich das alles so? Ich dachte Stalker finden alles über ihre Opfer heraus.«

Er verschluckt sich an dem Wasser, welches er

gerade zu trinken begonnen hat und fängt an zu lachen. Das ist das schönste und ehrlichste Lachen, das ich jemals gehört habe.

»Glaub mir, kleiner Engel, das habe ich alles schon versucht. Du bist wie ein Geist, über dich gibt es nichts zu finden.«

Das ist wirklich seltsam, ich sollte meinen Vater fragen, was es damit auf sich hat.

»Gut, da wir jetzt geklärt hätten, dass ich ein Geist bin und weder ich noch irgendwelche Hacker meine Geschichte kennen, kannst du jetzt gehen.«

Wir stehen beide gleichzeitig auf, doch bevor ich ihn zur Tür bringen kann, zieht er mich an sich.

Sein stark Amberlastiger Duft steigt mir in die Nase.

»Willst du das denn wirklich?«

Seine dunkle, raue Stimme direkt neben meinem Ohr zu hören, verursacht mir eine Gänsehaut.

Er ist verboten, um einiges älter als ich und das schlimmste, er ist nicht Jake.

Egal wie sehr ich versuche mich aus seinem Griff zu befreien, er lässt mich nicht gehen.

Ihn so nah bei mir zu haben, vernebelt mir das Gehirn. Was hat dieser Mann nur an sich, dass ich seit unserem ersten Treffen seine Augen nicht mehr aus meinem Kopf bekomme?

Seine Hände wandern meinen Rücken nach unten und halten kurz vor meinem Po. Sofort schießt mir die Röte ins Gesicht.

»Das ist falsch, du musst mich vergessen, Killian.«

Meine Stimme ist kaum zu hören. Er macht mich nervös, sein ganzes Dasein raubt mir die Sinne. Wie ist es nur möglich, dass er solch eine Wirkung auf mich hat? Hätte er mich entführt, würde ich denken ich leide am Stockholm-Syndrom, doch das ist nicht der Fall. Er steht hier, in meinem Haus, direkt vor mir.

»Das werde ich nicht, genauso wie ich sehe, dass du mich nicht einfach vergessen kannst. Sag mir, kleiner Engel, erscheint dir mein Gesicht vor dem Schlafengehen? Geht es dir schon so wie mir oder muss ich dir erst zeigen, was du wirklich willst?«

Bevor ich etwas sagen kann, höre ich wie Jake mit quietschenden Reifen in der Einfahrt parkt.

Ich bin geliefert!

»Killian, schnell, verschwinde durch die Hintertür! Er darf dich nicht sehen, er wird mich umbringen!«

Ich beginne in seinen Armen zu zappeln, doch er lässt sich nicht aus der Ruhe bringen.

»Killian, bitte, bitte geh. Beeil dich.«

Der Kofferraum wird mit einem lauten Knall zugeschlagen. Toll, das ist das Zeichen dafür, dass Jake schlechte Laune hat.

»Ich gehe, wenn du mich küsst.«

Das kann doch wohl nur ein schlechter Scherz sein!

»Verschwinde jetzt!«

»Küss mich, er wird uns jeden Moment sehen können!«

Schnell stelle ich mich auf die Zehenspitzen und drücke ihm einen Kuss auf die Lippen, doch statt sich zu lösen, zieht Killian mich näher an sich heran und vertieft den Kuss.

Wir springen auseinander als der Schlüssel sich dreht.

»Ich werde dir beweisen das ich derjenige bin, den du willst.«

Mit diesen Worten verschwindet er durch die Hintertür und lässt mich vollkommen außer Atem stehen.

Ich habe gerade meinen Verlobten betrogen! Mit meinem verdammten Stalker!

Die Tür öffnet sich und Jake kommt mit vollbepackten Armen herein.

»Hey Baby, kannst du mir etwas abnehmen?«

Er hat doch keine schlechte Laune, was ein Glück.

Ich eile zu ihm und nehme ihm eine der Einkaufstüten ab.

»Wieso hast du mich nicht geweckt? Wir hätten zusammen einkaufen gehen können.«

Jake stellt die andere Tüte neben mir ab und setzt sich an den Tisch. Augenblicklich verhärtet sich seine Miene.

»Wer war hier?«

Er zeigt auf das Glas aus dem Killian vorhin getrunken hat. Scheiße! Ich war noch nie gut im Lügen.

»Ähm... Kleiner Schatz, ich habe vorhin das Glas aus dem Badezimmer geholt, welches ich gestern oben vergessen habe.«

Kopfschüttelnd steht er auf und schlingt seine Arme um meine Taille.

»Es tut mir leid, ich wollte dir nichts unterstellen. Ich weiß das du außer mir keinen anderen Mann auch nur ansehen würdest. Trotzdem bleibt die Angst davor, dass es doch passiert.«

Ich drehe mich zu ihm und schaue dem Mann in die Augen, mit dem ich eigentlich vorhatte, mein ganzes Leben zu verbringen. Bis jetzt, bis zu meinem Verrat. Ich werde mir das niemals verzeihen können. Um nichts Falsches zu sagen, drücke ich ihm einen kurzen Kuss auf den Mund. Ich küsse ihn mit den Lippen, die vor einigen Minuten noch einen anderen geküsst haben.

Ich bin so eine Heuchlerin!

»Ich wollte nur den Einkauf nach Hause bringen, ich bin mit den Jungs verabredet. Warte nicht auf mich, Baby. Es wird spät. Ich liebe dich über allen Maßen, Freya. Für immer.«

Mein schlechtes Gewissen steigt immer mehr, ich kann die Tränen, die sich in meinen Augen sammeln, nicht zurückhalten.

»Hey, hey, hey was ist denn los? Wieso weinst du denn?«

Ich kuschle mich an seine Brust, ratlos was ich ihm darauf antworten soll.

»Wenn du willst, bleibe ich zuhause, du musst es nur sagen, Baby.«

Ich schüttle schnell den Kopf. Ich will das er geht, ich muss alleine sein und mit dem Chaos, welches Killian hinterlassen hat, klarkommen.

»Schon gut, ich bekomme bald meine Periode, bin nur etwas emotional. Mach dir meinetwegen keine Sorgen, Schatz. Geh, wir sehen uns morgen früh. Ich liebe dich übrigens auch.«

Er sieht mich skeptisch an, nickt jedoch und verlässt das Haus. Ich sinke auf die Knie und breche weinend zusammen.

Kapitel 7

Endlich ist er weg! Ich kann es nicht ertragen zu wissen das er in deiner Nähe ist. Das ist mein Platz! Ich hatte niemals vor, dich mit einem Kuss zu erpressen, doch deine abweisende Haltung macht mich wahnsinnig!

Ich kann es sehen, dieses Verlangen in deinen Augen.

Ich beobachte Jake dabei, wie er in seinen Wagen steigt und jemanden anruft. Etwas weiter entfernt von mir klingelt ein Handy.

Seltsam, ich drehe mich um und da sehe ich ihn. Aaron, wie er mit einem Fernglas in deine Richtung sieht.

WAS WILL DIESER FICKER VON DIR?

WAS WILL ER VON MEINEM ENGEL?

»Jake, mein Bester, was kann ich für dich tun?«

Höre ich die Stimme des Mannes, der mir alles genommen hat, was mir lieb war.

Zu meinem Glück, stehe ich in unmittelbarer Nähe von beiden und kann jedes Wort verstehen.

»Ich bin dabei. Du hattest Recht. Nur mit pokern werde ich die Summe, die ich für ihre Freiheit brauche, nicht zusammen bekommen.«

Reden sie etwa über dich und deine Freiheit? Was habe ich übersehen? Was passiert hier nur?

»Ich würde wirklich gerne wissen, wieso du eine halbe Million brauchst, Jake. Was ist an deiner Frau so besonders?«

»Ich kann dir den wahren Grund nicht nennen. Du brauchst mich und ich brauche dein Geld, das war die Abmachung, also steht der Deal oder nicht?«

Dieses Grinsen würde ich Aaron so gerne aus seinem Gesicht prügeln!

»Ja, aber natürlich. Du wirst einigen Prüfungen beiwohnen müssen, dann kommt die Zeremonie und Einführung und siehe da, du bist ein vollwertiges Mitglied der Death Bastards. Komm am besten direkt bei mir vorbei und wir besprechen alles weitere. Ich bin gerade noch dabei mir eine gute Investition anzusehen, aber du weißt ja, wo der Schlüssel ist.«

Ich werde die beiden umbringen, Freya!

Wer bist du nur, kleiner Engel, wieso muss Jake für deine Sicherheit bezahlen?

ICH HASSE ES, ETWAS NICHT UNTER KONTROLLE ZU HABEN!

Mir ist egal zu welchen Mitteln ich greifen muss, du wirst begreifen, dass du mich und meinen Schutz brauchst, und zwar am besten gestern!

Nachdem die beiden ihr Gespräch beendet haben, fährt Jake los und wie ich es vermutet habe, bleibt Aaron an seiner Position. Ich würde ihm am liebsten das Fernglas, welches er benutzt, um dich zu beobachten, in seine Augen rammen! Er hat dich nicht anzusehen, niemals!

Wieder klingelt sein Handy, er zieht es aus der Hosentasche und geht ran, ohne zu sehen wer ihn anruft.

»Was gibt es? Ja, ich hab sie im Blick. Alles zu seiner Zeit. Sobald er ein Member ist und seine Probefrist abgelaufen ist, gehört sie mir. Er ist auf dem Weg zu mir, sorg dafür das er nicht in meine Wohnung geht. Bis gleich.«

Mit diesen Worten steigt er auf sein Bike und fährt los. Ich muss ihm folgen! Ich muss wissen, was es mit dieser ganzen Sache auf sich hat und noch mehr will ich wissen, was er glaubt über dich zu wissen, kleiner Engel.

Einige Minuten später parke ich etwas abseits vom Clubhaus. Ich habe nicht damit gerechnet, dass er immer noch über diesem Loch, das er sein Lebenswerk nennt, wohnt. Ungeduldig warte ich, bis er durch den Haupteingang verschwindet und mache mich auf den Weg zu seiner Wohnung, die man immer noch über die Feuerleiter erreichen kann.

Wie erwartet, steht das Fenster offen.

Ich betrete sein Schlafzimmer und bleibe wie angewurzelt stehen.

Tausendmal werde ich von deinen Augen angestarrt. Vor mir steht ein Whiteboard, voll mit deinen Bildern.

Einige davon zeigen dich beim Lesen, beim Lernen, während der Arbeit oder fuck, sogar beim Duschen!

Ich bringe diesen verdammten Wichser um!

Die Wut, die ich empfinde, lässt mich fast platzen! Er scheint schon eine Weile besessen von dir zu sein. Das wird enden! Du bist mein kleiner Engel, nicht der von Jake und schon zwei Mal nicht der von Aaron!

Irgendwie muss ich dich davon überzeugen mir zu vertrauen, dich mir hinzugeben, mir zu verfallen. Du musst dasselbe fühlen wie ich, wenn ich dich sehe. Um dieses Ziel zu erreichen ist mir jedes Mittel recht, auch wenn es für dich verwerflich sein wird.

Ich werde herausfinden, was das alles auf sich hat und bei meinem Leben, ich werde dich mit allem, was ich habe, beschützen!

Freya

Seit Killian mich geküsst hat, sind mittlerweile sieben Tage vergangen. In der Zeit habe ich Jake kaum gesehen. Er geht früh morgens und kommt meist erst wieder, wenn ich schlafe. Falls wir uns doch mal zu Gesicht bekommen, ist sein Verhalten mir gegenüber wie immer. Er küsst mich, sagt mir, dass er mich liebt und holt sich dann seinen Sex.

Ich fühle mich schlecht, die Schuldgefühle fressen mich innerlich auf, jedoch nur weil ich immer wieder an den Kuss mit Killian zurückdenken muss.

Was habe ich mir nur dabei gedacht auf seinen Erpressungsversuch einzugehen?

Wieso habe ich mich nicht stärker gewehrt?

Die wichtigste Frage ist aber, wieso spüre ich noch immer seine Lippen auf meinen und warum hat es mir gefallen ihn zu küssen?

Genauso frage ich mich, wieso ich es genossen habe, von ihm berührt zu werden. Das ist krank!

Zum Glück hat er mich seit dem Tag nur noch aus der Ferne beobachtet. Jeden Tag verfolgt er mich zur Arbeit, steht immer wieder vor dem Laden und abends folgt er mir nachhause.

Seit unserem Kuss haben wir kein Wort mehr miteinander gewechselt.

Vielleicht hat er es jetzt begriffen und lässt mich in Ruhe, damit ich mein Leben mit Jake weiterführen kann.

Das Gefühl, welches seine Stimme in meinem Unterleib ausgelöst hat, ließ mich beinahe schwach werden.

Immer wieder frage ich mich, wäre ich weitergegangen, wenn Jake nicht gekommen wäre?

Da heute Sonntag ist und ich weiß das mein Vater nichts zu tun hat, beschließe ich zu ihm zu gehen. Am Freitag war ich viel zu platt von der Arbeit und konnte deswegen nicht wie gewohnt Zeit mit ihm verbringen.

Ich muss mich dringend ablenken, bevor ich etwas Dummes tue, wie zum Beispiel Killian zu schreiben. Ich schnappe mir mein Handy und wähle die Nummer meines Vaters. Nach dem zweiten Klingeln hebt er ab.

»Hallo Pumpkin, na wie geht's dir?«

Seine Stimme ist wie Balsam für meine Seele.

»Mir geht es gut, danke. Und wie geht es dir? Hast du Lust etwas zu unternehmen? Einen Film schauen vielleicht?«

Ich kann hören, wie er gerade Geschirr in die Spüle stellt.

»Klar! Ich finde es immer schön, Zeit mit meinem kleinen Mädchen zu verbringen. Ich bereite schon mal etwas zu essen vor. Bis gleich, Pumpkin.«

Er beendet den Anruf und ich schleppe mich ins Schlafzimmer.

Während ich vor dem Schrank stehe und überlege, was ich anziehen soll, schreibe ich eine Nachricht an Jake.

Ich:

> Hey! Ich sterbe vor Langeweile. Gehe zu meinem Vater, wir schauen einen Film an.

Ich lege mein Handy auf die Kommode, die neben dem Schrank steht und nehme mir eine gemütliche, graue Jogginghose aus dem heraus, als ich einen Anruf bekomme. Es ist Jake. Zögernd nehme ich ab.

»Freya, es ist Sonntag! Willst du nicht lieber etwas aufräumen, anstatt zu deinem Vater zu gehen und zu faulenzen?«

Wie bitte? Was soll denn die Scheiße schon wieder? Muss er sich immer wie ein Vollarsch aufführen, sobald er mit seinen neuen Freunden zusammen ist?

»Gerade weil Sonntag ist, gehe ich zusammen mit meinem Vater faulenzen, während du weiß Gott was machst. Findest du etwa das wir im Dreck leben oder wieso soll ich jeden Tag mit einem Staubwedel durch das Haus tigern?«

Arroganter Penner! Es würde ihm nicht Schaden

zu wissen, wie man eine Waschmaschine bedient, ohne, dass es alle Sicherungen raushaut!

»Du gehst nicht, Freya! Das ist das letzte Wort. Du könntest das Bett frisch beziehen oder die Schränke abstauben! Es gibt genug zu tun.«

»Was bildest du dir eigentlich ein, Jake? Bin ich deine Verlobte oder deine verfluchte Haushälterin? Ich gehe und das ist mein letztes Wort!«

Ohne seine Antwort abzuwarten, lege ich auf.

So lasse ich nicht mit mir reden! Denkt er mit seinem Verhalten steigt er im Ansehen seiner Freunde? Heute Morgen habe ich ihn erst sagen hören, wie sehr er mich doch liebt und jetzt geht er so mit mir um? Also, wenn ich es nicht besser wüsste, würde ich denken, er hat eine gespaltene Persönlichkeit.

Schnell greife ich nach einem schwarzen Hoodie, über den ich eine Lederjacke anziehe und verlasse sauer das Zimmer. Unten angekommen, steige ich in meine schwarzen Boots, setze eine dicke Mütze auf und verlasse das Haus.

Während ich immer wieder aufs Handy schaue, ob Jake sich mittlerweile entschuldigt haben könnte, höre ich Schritte hinter mir. Bilde ich es mir ein oder versteckt sich immer wieder jemand vor meinem Blick? Ist es Killian? Oder vielleicht sogar Jake, der sehen will, ob ich wirklich zu meinem Vater gehe?

Ich beschließe eine Abkürzung zu nehmen, um mich zu vergewissern, dass ich paranoid bin und keiner hinter mir her ist. Doch selbst als ich in die etwas abgelegenere Gasse laufe, kann ich deutlich hören, wie jemand hinter mir läuft, wieder drehe ich mich um. Doch diesmal kann ich ihn sehen.

Ein Mann, mit eisblauen Augen.

Er trägt eine Lederjacke und der Rest seines Gesichts wird durch ein schwarzes Tuch verdeckt.

Ist das vielleicht Killian, der sich einen Spaß daraus macht sich mit Kontaktlinsen zu verkleiden?

Und wenn nicht, wer ist das und was will er von mir?

Meine Beine beginnen von allein zu rennen und führen mich direkt zu dem Haus meines Vaters.

Dort angekommen drehe ich mich ein letztes Mal um und sehe den Mann aus der Gasse, auf der anderen Straßenseite.

Von hier aus kann ich deutlich sehen, wie er ein Messer in der Hand hin und her dreht.

Das ist ganz sicher nicht Killian, er würde mir niemals derartige Angst machen!

Mein Finger liegt immer noch auf der Klingel.

Immer wieder schaue ich in die Richtung des Mannes, doch ich kann mir beim besten Willen nicht erklären, wer das ist. Anhand seiner Statur kann ich jeden in meinem Bekanntenkreis ausschließen.

Vielleicht hat ihn ja doch Killian geschickt, um mich zu beobachten, ja das muss es sein!

Der kann sich auf was gefasst machen!

»Grundgütiger, Freya, wieso klingelst du wie eines der Mitglieder der Zeugen Jehovas?! Komm rein.«

»Papsi, da hinten ist...«

Ich drehe mich in die Richtung, in der vor einigen Sekunden noch der Mann mit dem Messer stand, doch er ist weg!

Er ist verdammt nochmal einfach verschwunden!

»Was ist los, Pumpkin? Was ist da hinten?«

Ängstlich drängle ich mich an ihm vorbei und ziehe ihn mit ins Haus.

»Ich wurde verfolgt, ich bin mir sicher, Papsi! Scheiße, was soll das alles?«

Wie besessen renne ich zu den Fenstern und ziehe die Gardinen zu.

»FREYA JUNE SUMMERS, BERUHIGE DICH UND SAG MIR WAS ZUM TEUFEL MIT DIR LOS IST!«

Mein Vater hat mich in meinem ganzen Leben so oft angebrüllt, dass man es an einer Hand abzählen kann, ich muss also wirklich einen schrecklichen Anblick abgeben.

»Jake gibt sich neuerdings mit zwielichtigen Typen ab, die Death Bastards. Ich habe ihn dabei erwischt, wie er mich belogen hat. Er hat behauptet, er würde mit den Jungs aus dem Team einen gechillten Abend verbringen, doch eigentlich saß er im Clubhaus der Biker und hat gepokert.«

Meinem Vater, der sich mittlerweile auf die Couch gesetzt hat, entgleiten alle Gesichtszüge.

»Was tust du in dieser Gegend, Pumpkin?«

Die Wahrheit! Ich werde ihm alles erzählen, so wie ich es immer getan habe.

»An dem Abend unseres Streits, habe ich Jake angerufen, er wollte mich im Park abholen.

Ich habe dort länger als sonst auf ihn gewartet, als plötzlich aus heiterem Himmel ein Mann auf mich zukam und mich gefragt hat, wieso ich weine…«

Ich erzähle meinem Vater von den ganzen Ereignissen der letzten Woche, die Begegnungen und Nachrichten von Killian. Jakes abweisendes Verhalten.

Wie immer, wenn er mir zuhört, lässt er sich nicht anmerken, was er davon hält, bis ich zu dem Part angelange, wo ich ihm von dem Gespräch zwischen Jake und seinem Vater erzähle.

»Was? Wie hat er… ich meine, das ergibt doch keinen Sinn, Pumpkin!«

Was ist denn in ihn gefahren? Hat er gerade einen Schlaganfall oder wieso beginnt er zu stottern?

Er vergräbt die Hände in den Haaren und steht auf. Ohne ein weiteres Wort verschwindet er in der Küche.

Gerade als ich ihm nachlaufen will, klingelt mein Handy. Unbekannt. Na, der kommt mir wie gerufen! Wütend nehme ich den Anruf entgegen und brülle ihn zur Begrüßung an.

»KILLIAN! WAS FÄLLT DIR EIN? WEISST DU WAS FÜR EINE SCHEISS ANGST ICH GEHABT HABE?«

Ich kann deutlich hören, wie er seinen Wagen mit quietschenden Reifen zum Stillstand bringt.

»Wovon redest du, kleiner Engel, ich habe deine Schönheit nur noch aus der Ferne genossen, da ich dich nicht komplett in die Enge treiben wollte. Also sag mir, wie soll ich dir Angst gemacht haben?«

Er versucht so ruhig wie möglich zu klingen. Doch ich behaupte mal ihn schon insofern gut zu kennen, dass ich sicher sagen kann, dass er innerlich am Ausrasten ist und das nur weil ich Angst hatte.

»Du hast also niemanden beauftragt mir zu folgen?«

»FUCK!!!«

Er scheint ausgestiegen zu sein. Der Knall, den ich wahrnehme, lässt darauf schließen, dass er vermutlich seine Wagentür aus den Angeln gerissen hat.

»Was genau ist passiert? Wie sah er aus? Wo bist du überhaupt und scheiße, bist du verletzt?«

Die Sorge, die er um mich hat, ist nicht zu überhören. Er war es nicht, er ist nicht schuld daran. Die Frage ist aber, wer dann?

»Pumpkin? Kommst du essen?«

Ich weiß genau, dass er jedes Wort mitgehört hat, doch aus irgendwelchen Gründen stört es ihn nicht, dass ich neben ihm mit meinem Stalker telefoniere.

Schnell beantworte ich Killian all seine Fragen und setze mich dabei an den Tisch. Mein Vater hat mal wieder mein Lieblingsessen gemacht.

Spanische Ofen-Schmorsteaks.

Während er mir den befüllten Teller reicht, lege ich mein Handy mit Lautsprecher neben mich auf den Tisch.

Durch die ganze Grübelei habe ich ganz vergessen heute etwas zu frühstücken.

»Bitte sag mir kurz bevor du nach Hause willst Bescheid. Ich hol dich ab, ich akzeptiere kein Nein, das weißt du, sonst bin ich gezwungen dich wieder zu tragen.«

Mein Vater verschluckt sich und fängt an zu lachen.

»Na, also wenn du mich fragst, Pumpkin, ich finde deinen Stalker wirklich sympathisch.«

Jetzt lacht auch Killian.

»Solltest du ihn nicht bedrohen oder ähnliches? Du bist mein Vater! Und wie du schon gesagt hast, er ist ein Stalker.«

»Freya, du hast mir ohne jede Angst von ihm erzählt. Ich schätze meine Tochter so ein, dass sie weiß, von wem Gefahr ausgeht. Wenn er dich nicht, wie der, den du vorhin gesehen hast, mit einem Messer in der Hand verfolgt, ist alles gut. Er sorgt sich um deine Sicherheit, sollte das jemals anders sein, bringe ich ihn um. Ganz einfach.«

Oh, Oh, dieses Detail, habe ich Killian verschwiegen. Jetzt wird er ausflippen.

Auch wenn ich nicht verstehe, wieso. Zu wissen, dass er sich um mich sorgt und dass dieser Typ nicht von ihm geschickt wurde, lässt mein Herz ein paar

Schläge schneller schlagen.

»Ein Messer? Freya, diese Info ist mir neu, wieso...«

Bevor er weiterreden kann, beende ich das Gespräch und widme mich meinem Essen.

Es vergehen einige Minuten der Stille. Ich fühle mich wieder so wie vor einem Jahr, vor meinem Auszug.

Es ist schön, doch gleichzeitig macht es mich traurig und lässt mich wieder an meiner Entscheidung zweifeln.

»Fühlst du etwas für ihn?«

Verwirrt schaue ich meinen Vater an.

Wieso muss er mir immer Fragen stellen, mit denen ich mich nicht auseinander setzen will?

»Das kann ich dir nicht sagen, ich kenne ihn überhaupt nicht. Selbst seine Besessenheit ist mir ein Rätsel. Es ist nur ein paar Tage her, als wir uns das erste Mal gesehen haben.«

»Pumpkin, Zeit spielt im Thema Gefühle keine Rolle. Wenn die Seelen zweier Menschen zueinander passen, dann kann sich das innerhalb von Sekunden zeigen. Man braucht kein Leben lang um einen Menschen kennen und lieben zu lernen.

Das beste Beispiel sind deine Mutter und ich. Wir haben uns einmal gesehen und waren einander sofort verfallen. Ich habe sie direkt angesprochen, am gleichen Abend waren wir das erste Mal aus. Zwei Wochen später habe ich ihr einen Antrag gemacht, kurz darauf wurde sie schwanger und wir haben nach sechs Wochen Beziehung geheiratet.

Wäre sie damals nicht krank geworden, würde sie dir diese Geschichte jetzt erzählen und dir versuchen die Augen zu öffnen.«

Tränen schimmern in seinen Augen, ich kann mir nicht vorstellen, wie sehr sie ihm fehlt.

»Wenn du keine Angst vor Killian hast, ist er auch nicht wirklich ein Stalker, auch wenn er sich selbst so bezeichnet.

Ich glaube, ich habe genug Menschenkenntnis, um zu behaupten, dass ich sicher bin, er würde niemals die Hand gegen dich erheben, wie Jake es getan hat.«

Er hat Recht, wie immer. Ich verspüre keine Angst, wenn Killian in meiner Nähe ist, jedoch bei Jake.

Wenn man über den Teufel nachdenkt, ruft er an.

Ich nehme den Anruf an und stelle ihn auf Lautsprecher.

»Hallo?«

Laute Musik ist im Hintergrund zu hören, die schnell wieder abklingt und durch das Geräusch von fahrenden Autos ersetzt wird.

»Baby, es tut mir leid. Ich wollte nicht so eklig werden. Ich stehe unter enormem Druck, bezüglich meines Vaters und des Studiums. Wenn ich mir auch noch Sorgen darum machen muss, dass du jemand anderen findest, während ich nicht zuhause bin, dann drehe ich eben durch!«

Mein Vater verdreht die Augen und sieht mich mit einem hasserfüllten Blick an.

»Bist du schon bei deinem Vater, Baby? Denkst du er könnte dich nach Hause fahren? Ich glaube ich komm erst morgen Abend wieder, ich muss morgen früh meinem Vater im Büro etwas helfen und da ich bei Aaron bin, der in der Nähe wohnt, trifft sich das perfekt. Ist das okay für dich?«

So ein blöder Lügner! Das Clubhaus liegt in einer ganz anderen Richtung als das Anwesen seines Vaters!

»Wer ist eigentlich dieser Aaron? Ich kann mich nicht erinnern jemals einen Freund von dir kennengelernt zu haben der so heißt.«

»Baby, bitte fang nicht so an, ich liebe es ja, wenn du eifersüchtig bist, aber nicht auf meine Freunde. Willst du mit ihm sprechen?«

Wer redet denn hier von Eifersucht? Wenn ich eins sicher weiß, dann das Jake nicht mal eine andere Frau ansieht, wenn sie direkt vor ihm steht.

»Nein, danke. Ich werde den restlichen Tag bei meinem Vater verbringen und er wird mich nach Hause fahren, nicht wahr, Papsi?«

Er zwinkert mir zu und sagt: »Alles, was du willst, Pumpkin.«

Belustigt, darüber dass er für mich lügt, schüttle ich den Kopf.

»Gut, dann muss ich mir keine Sorgen machen,

dass du alleine in der Dunkelheit unterwegs bist. Danke, Andrew! Und, Freya? Ich liebe dich über alles. Wir sehen uns morgen.«

Im Hintergrund kann ich hören, wie er gerufen wird, er beendet ohne weitere Worte das Gespräch.

Ich helfe meinem Vater beim Abwasch und dann machen wir es uns gemeinsam auf der Couch bequem und starten, wie immer kurz vor Weihnachten, einen Harry Potter Marathon.

Kapitel 8

I hre Schönheit spricht Bände, dazu die Angst in ihren Augen. Holy Shit, diese Frau ist umwerfend. Seit vier Monaten habe ich sie bereits auf dem Radar. Es kam wie gerufen, dass der Scheißer, der sich ihr Verlobter nennt, bei mir angekrochen kam.

Er braucht eine Menge Kohle, er weiß ganz genau das ich der Einzige im Land bin, der ihm diese besorgen kann oder ihm wenigstens dazu verhelfen kann zu bekommen, was er will.

Mit meinen 35 Jahren habe ich so viel Geld, dass ich es gar nicht mehr zählen kann.

Wie sagt man so schön? Selfmade Millionär.

Als ich in die Fußstapfen meines Vaters getreten bin, hätte ich nie damit gerechnet, ein besseres Geschäft zu führen als er. Drogen fließen durch die ganze Welt, genau wie Waffen und die Nutten.

Ich habe mein eigenes Imperium aus dem Scheißhaufen, den mein Vater hinterlassen hat, aufgebaut, doch eine Sache fehlt mir noch und das ist sie.

Freya June Summers.

Ihre wunderschönen brauen Augen, ihre welligen Haare und fuck, ihr wunderschöner kurviger, doch schlanker Körper, dienen seit Monaten als meine Wichsvorlage.

Niemals würde ich so einen Waschlappen wie Jake in meinem Club aufnehmen, doch die Gesetze der Death Bastards besagen, dass jeder einzelne Member, seinem Präsidenten alles geben muss, was dieser will, einschließlich seiner Frau und ich soll verdammt sein, wenn ich diese Gesetze nicht zu meinen Gunsten nutze. Ich werde sie zu meiner Lady machen, sie ficken, bis ihre Pussy nur so von meinem Samen tropft und es ist mir vollkommen egal ob sie das will oder nicht.

Wenn ich ehrlich bin, wünsche ich mir sogar, dass sie es nicht will, ich muss ihre Angst sehen, während ich sie ficke. Ihre Tränen, ihre Schreie, mit denen sie mich bittet aufzuhören.

Gott, nur der Gedanke daran macht mich hart.

Seit ich sie bis zu ihrem Vater begleitet habe, gehen mir ihre panischen Augen nicht mehr aus dem Kopf. Ich kann nicht anders, ich öffne die Hose, befreie meinen steinharten Schwanz, umschließe ihn mit meiner Faust und wichse ihn so stark, dass ich innerhalb einiger Minuten in meiner Hand komme.

So kann das nicht weiter gehen!

Sie muss es sein, die mich zum Kommen bringt, mit ihrem Mund, ihren Händen oder ihrer kleinen

Pussy. Wenn ich mir nur vorstelle, wie ich sie mit meinem Schwanz in ihrem Rachen zum Würgen bringe, werde ich sofort wieder hart.

Scheiße! Nicht mehr lange, dann hole ich mir, was ich so sehr begehre.

Freya, du wirst mir gehören. Ich werde dich benutzen, dich zerbrechen und keiner, wirklich keiner kann mich daran hindern!

. . . .

Freya

Nachdem der zweite Teil von Harry Potter durchgelaufen ist, beginnt mein Vater zu schnarchen.

Er hat es noch nie bis zum dritten Teil geschafft, ohne vorher einzuschlafen. Vorsichtig nehme ich die Decke unter seinen Füßen vor und breite sie über ihm aus.

»Ich hab dich so lieb, Esperanza. Ich werde dich immer beschützen.«

Wer ist denn Esperanza? Wieso scheinen alle um mich herum jemanden beschützen zu müssen?

Mein Vater schreckt schweißgebadet hoch.

»Papsi, ganz ruhig, es war nur ein Traum.«

Er setzt sich auf und zieht mich in seine Arme.

»Ich hab dich so, so lieb, Kleines, vergiss das nie.«

Was ist denn plötzlich in ihn gefahren?

»Papsi, wer ist Esperanza?«

Seine gesamte Körperhaltung verhärtet sich.

»Wie…Woher... Ehm... Das ist das spanische Wort für Hoffnung, Kleines. Wie kommst du darauf?«

»Du hast im Schlaf gesprochen und gesagt, dass du diese Esperanza lieb hast und sie immer beschützen wirst. Ich glaube nicht, dass du von Hoffnung geredet hast.«

Ich kann sehen, wie unangenehm ihm das alles ist, er verkriecht sich in seinen Gedanken, genau wie ich es immer tue.

»Irgendwann, Freya, verspreche ich, dir alles zu erzählen. Noch ist es einfach nicht der richtige Zeitpunkt.«

Nickend setze ich mich zu ihm und wähle Killians Nummer. Ich möchte jetzt wirklich alleine sein, dass war heute einfach zu viel. Beim zweiten Klingeln geht er direkt ran.

»Ich bin in fünf Minuten da.«

Er beendet den Anruf genau so schnell wie er ihn angenommen hat.

»Du kannst doch auch hier in deinem Zimmer schlafen, Pumpkin.«

Ich schüttle den Kopf und setze mich wieder auf den Sessel meiner Mutter.

»Nein danke, Papsi, ich werde nach Hause gehen. Ich schlafe ja am Wochenende ohnehin bei dir.«

Er nickt und steht auf.

»Warte hier, ich möchte dir etwas geben.«

Er nimmt zwei Stufen auf einmal und geht nach oben, inzwischen kann ich Scheinwerfer vor dem Fenster erkennen.

Ich laufe zur Tür und öffne diese. Killian kommt auf mich zu und zieht mich überraschenderweise in seine Arme.

»Versprich mir, nicht mehr alleine aus dem Haus zu gehen, bevor ich die Gefahr beseitigt habe.«

Er verbirgt seine Nase in meinem Haar und atmet meinen Duft ein.

»Was soll das heißen, du willst die Gefahr beseitigen? Killian, ich will nicht, dass du wegen mir jemanden tötest.«

»Das ist nicht wichtig, ich werde alles tun, um dich in Sicherheit zu wissen.«

Ein Räuspern lässt uns auseinander gehen.

»Hallo. Du musst der Stalker sein, ich bin Andrew. Freyas Vater.«

Die beiden schütteln sich die Hände.

»Ja der bin ich wohl, also ich habe mit einer Tracht Prügel gerechnet, aber so ist es auch okay.«

Mein Vater lacht, genauso wie Killian. Bin ich die Einzige, die diese Situation suspekt findet? Mein Vater und mein Stalker, benehmen sich wie beste Freunde. Eigentlich sollten sie sich an die Gurgel gehen und sich nicht in die Arme fallen.

»Meine Tochter hat mir von dir erzählt. Solange

sie keine Angst vor dir hat, und du sie nicht verletzt aber beschützt, ist alles okay.«

Killian nickt und zieht mich an seine Seite.

Dieses gesamte Szenario ist so verwirrend.

»Wir sehen uns am Wochenende, Papsi. Hab dich lieb.«

Er hält mich auf und drückt mir einen Karton in die Arme.

»Nimm das mit. Das sind die Tagebücher deiner Mutter, sie beginnen an dem Tag, an dem wir uns kennengelernt haben. Du solltest sie erst in fünf Jahren bekommen, doch ich finde du hast es verdient mehr über deine Herkunft zu erfahren.«

Ich nehme ihm den Karton ab und reiche ihn Killian.

»Wow, Papsi, danke. Ich werde sie mir in Ruhe anschauen.«

Er drückt mir einen Kuss auf die Stirn und ich verlasse gemeinsam mit Killian das Haus. Er führt mich zu seinem Wagen, hält mir die Tür auf und setzt sich dann ebenfalls.

Wortlos startet er den Motor und rast durch die Nacht. Obwohl es schon 22 Uhr ist, sind die Straßen überfüllt. An jeder Ecke stehen Gruppen von lachenden Menschen, Menschen die Zeit mit ihren Freunden verbringen. Wie gerne ich so etwas auch hätte, aber ich sitze hier. In einem überteuerten Auto, mit einem Mann, der mich seit Tagen nicht mehr in Ruhe lässt und wenn ich ehrlich sein soll, will ich das auch gar nicht mehr.

»Killian?«

»Ja, kleiner Engel?«

Immer noch sieht er starr auf die Straße.

Seit dem Gespräch mit meinem Vater, geht mir eine Frage nicht mehr aus dem Kopf.

»Wieso tust du das alles? Wieso verbringst du deine Zeit damit, mich durch die Gegend zu fahren? Oder in deinem Fall, mich durch die Gegend zu tragen?«

Eine Weile antwortet er nicht. Erst als er in eine etwas abgelegene Gasse einbiegt und anhält, kann ich ihm praktisch dabei zusehen, wie er versucht seine Gedanken zu ordnen. Er zieht sich die Kapuze vom Kopf und fährt sich nervös durch die Haare.

»Ich will das du mir gehörst. Glaub mir, dass wirst du auch. Noch nie war ich so besessen von einer Frau, bis du in mein Leben gekommen bist und ich lasse dich mir nicht entreißen, weder von dir selbst noch von jemand anderem. Jeder der versucht dich mir wegzunehmen, stirbt.«

Ich kann nicht verstehen, wie er über das Beenden eines Lebens so locker reden kann. Ohne es zu wissen, nimmt er vielleicht einem Kind den Vater oder einer Schwester den Bruder, wie kann das für ihn nicht von Bedeutung sein?

»Niemals, unter keinen Umständen, würde ich dich jemals verletzen, Freya, wirklich. Das musst du mir glauben.«

Bei ihm fühle ich mich sicher. Ich weiß das er nicht zulassen würde, dass Jake oder der Fremde mir zu nahe kommen. Wenn sogar mein Vater ihm vertraut, wer bin ich, dass ich es anzweifle? Ich habe nichts zu verlieren.

Naja, fast nichts, außer dem Mann den ich heiraten wollte.

»Danke, Killian.«

Mehr sage ich nicht, setze mich wieder gerade in den Sitz und warte darauf, dass er losfährt.

»Ich muss mich bei dir bedanken, seit ich dich in diesem Park gesehen habe, hast du meine Albträume verscheucht.«

Ich bin mir nicht sicher, ob er wollte, dass ich das höre, deswegen ignoriere ich es und genieße die restliche Fahrt.

10 Minuten später kommen wir vor meinem Zuhause an. Killian steigt aus, hilft mir beim Aussteigen und bringt mich zur Tür.

»Ich werde die ganze Nacht hier sein. Falls du dich vor etwas fürchten solltest, oder dir etwas nicht normal vorkommt, ruf mich sofort an.«

Ich nicke und wende mich von ihm ab.

Ich kann hören, wie er ins Auto steigt und wegfährt.

Mit dem Handy entsichere ich die Alarmanlage und öffne mit dem Schlüssel die Tür.

Hinter mir schließe ich wieder ab, gehe auf direktem Weg ins Badezimmer und lasse mir die

Badewanne ein.

Während diese vollläuft, gehe ich ins Schlafzimmer und suche mir einen kuschligen Pyjama aus.

Draußen riecht es nach Schnee und ich bin einer der Menschen, die sofort zu einer Frostbeule mutieren.

Im Augenwinkel kann ich sehen, wie Killian wieder unter dem Baum neben der Laterne steht. Auch wenn es mich abschrecken sollte, erregt mich der Gedanke, dass er mich bei allem, was ich tue, genauestens beobachten kann. Ich entscheide mich dazu, meine Wechselkleidung im Schlafzimmer zu lassen und ihm nach meinem Bad eine kleine Show zu liefern.

Scheiß drauf! Jake belügt mich am laufenden Band, zwar fühle ich mich von ihm geliebt, jedoch fehlt in unserer Beziehung so viel. Ich weiß genau, dass ich es bereuen werde, wenn ich Killian zu nah an mich heranlasse, doch ich bin auch nur ein Mensch der Bedürfnisse hat und er muss mich ja nicht berühren bei dem, was ich vor habe.

Nach 20 Minuten in der Wanne mache ich mich auf den Weg zurück ins Schlafzimmer.

Noch immer steht er genau an derselben Stelle. Tun ihm denn seine Füße nicht weh?

Wie dem auch sei, während ich im Wasser lag, hatte ich sehr lebhafte Fantasien, in denen mein Verlobter keine Rolle gespielt hat.

Immer wieder habe ich ihn gesehen, den Mann, der mich an die Wand drückt, der mir seinen Kuss aufdrängt, der mir mit seinem hungrigen Blick beweist, dass er mich wirklich will.

Mit einem Handtuch bekleidet, setze ich mich auf die Bettkante und schaue genau in die Richtung, in der ich seine Augen vermute. Ganz langsam, öffne ich den Knoten des Handtuches und lasse dieses neben mich fallen. Mit geschlossenen Augen lege ich den Kopf in den Nacken und versinke erneut in meinen Fantasien. Die Lippen, die mich direkt bei der ersten Berührung verrückt gemacht haben, wandern in meinen Gedanken über meine Brüste, meinen Bauch bis hin zu meinem Venushügel.

Die Hitze, die sich in meinem Körper ausbreitet, ist kaum auszuhalten.

Mit meinen Fingern streichle ich den Weg, den seine imaginären Lippen berühren nach und komme, genau wie diese, an meiner tropfend nassen Mitte zum Halt. Kann ich das wirklich tun?

Kann ich mich wirklich selbst berühren, während er vor meinem Fenster steht und mir zusieht?

Langsam hebe ich den Kopf und das, was ich sehe, nimmt mir die Entscheidung ab:

Killian ist näher gekommen, ich kann deutlich sehen, wie er die Hand in seiner Hose auf und ab bewegt.

Scheiße! Noch nie zuvor habe ich etwas erotischer gefunden.

Unsere Blicke treffen sich und ich kann nicht anders als meine Finger über meinen pochenden

Kitzler kreisen zulassen.

Ein Keuchen verlässt meine Lippen, schon lange hat sich das nicht mehr so gut angefühlt.

Durch meine eigenen Berührungen werde ich immer feuchter.

Ich fühle mich genauso wie Killian es mir beschrieben hat. So sehr sehne ich mich nach seiner Nähe, dass das Laken unter mir nass wird. Kurz bevor ich mich selbst über den Abgrund treiben lasse, verschwindet Killian und ich halte inne.

Hat es ihm vielleicht doch nicht so sehr gefallen wie mir?

Bevor ich weiter grübeln kann, wird die Schlafzimmertür aufgerissen.

»Willst du mich umbringen? Fuck! Ich habe noch nie etwas Heißeres gesehen als dich.«

Es ist nicht zu übersehen, wie viel Überwindung es ihn kostet, nicht sofort über mich her zu fallen.

Ich mustere ihn von oben bis unten.

Trotz der kalten Temperaturen haben sich Schweißperlen auf seiner Stirn gebildet.

Seine Hände zittern und in seiner Hose zeichnet sich eine deutliche Beule ab.

Eine verdammt große Beule.

Er entfernt sich von der Tür, kommt in kleinen Schritten immer näher an das Bett heran, bleibt stehen und geht neben mir auf die Knie.

»Leg dich hin.«

Ohne darüber nachzudenken, befolge ich seinen Befehl.

»Beine auseinander.«

Ich bewege mich keinen Millimeter, das ist zu viel.

Würde er draußen stehen, hätte ich keine Hemmungen doch ihn vor mir stehen zu sehen, macht mich nervös.

»Beine auseinander, Freya, oder ich helfe nach.«

Sein dominanter Ton lässt mich noch mehr Hitze verspüren.

Was tut dieser Mann mit mir?

Bevor ich reagieren kann, packt er meine Knie und schiebt sie auseinander.

»So nass, shit, ich kann dich auf meiner Zunge schmecken, kleiner Engel. Mach weiter, berühr dich.«

Seine Augen funkeln hungrig, ich muss es tun, auch wenn ich die Folgen bereuen könnte.

Ich will ihm das geben, was er will, auch wenn ich weiß, dass es alles andere als richtig ist.

Killian würde mich Dinge fühlen lassen, die ich beim besten Willen nicht erahnen kann.

Langsam nehme ich zwei meiner Finger in den Mund und sauge an ihnen, ohne die Augen von ihm zu nehmen.

Sein Blick wird noch dunkler.

Ich führe meine Finger immer weiter in Richtung meiner Pussy und setze die kreisenden Bewegungen fort.

Von ihm dabei beobachtet zu werden, lässt alles noch erotischer werden.

Er verschlingt mich, vergöttert mich und das Wichtigste, er gibt mir das Gefühl, dass es nur um meinen Spaß geht.

»Ich will das du dich mit deinen Fingern fickst, kleiner Engel.«

Ohne darüber nachzudenken, dringe ich mit zwei Fingern in mich ein.

»Gott...«

Mein Atem kommt mir nur noch abgehackt über die Lippen.

Alles an dieser Situation ist falsch, aber auch so verdammt gut.

Killian leckt sich über die Lippen und ehe ich reagieren kann, zieht er mir die Hand aus der Pussy und nimmt meine Finger in den Mund.

»Ich wusste es, du schmeckst wie mein persönlicher Himmel. Ich werde niemals genug von dir bekommen können. Niemals!«

Die Beherrschung, die er versucht hat, aufrecht zu erhalten, bricht in sich zusammen, denn er zieht mich am Hinterkopf zu sich und küsst mich.

Ich lasse es zu, Gott, ich betrüge gerade meinen Verlobten!

Dieser Kuss, lässt mich so viele verschiedene Gefühle empfinden, von denen ich nicht wusste, dass sie dadurch ausgelöst werden können.

Unendliche Lust durchflutet meinen Körper.

Killians Zunge bittet um Einlass und diesen gewähre ich ihr.

Ich will mehr, viel mehr. Ich will alles!

Egal wie falsch es auch sein mag, egal wie sehr ich mich später dafür hassen werde, jetzt im Moment ist er alles, was ich will.

Ich vergrabe eine Hand in seinem Haar, versuche ihn noch näher an mich heran zu ziehen und mit der anderen versuche ich seine Hose zu öffnen.

»Nicht, tu das nicht, Freya. Ich werde dir alles geben, was du willst, jedoch werde ich nicht mit dir schlafen.«

Von ihm abgelehnt zu werden sorgt für einen Stich in meinem Herzen.

»Wieso? Gefalle ich dir nicht?«

Meine Stimme klingt trauriger als beabsichtigt.

»Du hast ja keine Ahnung wie sehr du mir gefällst, kleiner Engel. Ich weiß nur, dass wenn wir das tun, ich nicht mehr zulassen werde, dass er dich anfasst. Fuck, Freya, du wirst mir gehören, verstehst du das? MIR!«

Kann ich das tun?

Kann ich ihm gehören obwohl ich nicht den Mut habe Jake zu verlassen?

Will ich Jake überhaupt verlassen?

Kann ich Killian nicht einfach in dem Glauben lassen, nur um zu bekommen, was ich in diesem Moment brauche?

»Scheiß drauf, ich werde dir zeigen, wie es sein wird, mir zu gehören.«

Er drückt mir einen Kuss auf den Mund, erhebt sich und befreit seinen Oberkörper aus den Klamotten.

Muskeln und Tattoos zieren seine Brust, genau wie seine Arme. Verschiedene Arten von Totenköpfen, Waffen und Schriften, ziehen sich über seine Oberarme. Doch eine Stelle zieht meine Aufmerksamkeit besonders auf sich.

Auf seiner Brust, direkt über seinem Herz befindet sich eines, das unter einer Folie geschützt wird.

Trotzdem ist es deutlich zu erkennen.

Es ist ein menschliches Herz, auf dem ein kleiner Engel sitzt.

Ohne dass er es ausspricht, weiß ich das es mir gewidmet ist.

Er hat mich unter seiner Haut verewigt, obwohl er nicht weiß, ob ich jemals ihm gehören werde. Diese Tatsache lässt mich alle Zweifel beiseiteschieben.

Mir ist egal ob er ein stalkender Mörder ist, mir ist egal was mit Jake passiert, denn so eine schöne Geste habe ich bis jetzt noch von niemandem bekommen.

Mit den Fingern fahre ich vorsichtig über die Folie und schaue ihm direkt in die Augen.

»Es ist wunderschön. Wieso hast du das gemacht? Du weißt doch gar nicht wie lange ich Teil deines Lebens sein werde.«

»Doch das weiß ich, Freya. Gehörst du erst einmal mir, werde ich dich nie wieder gehen lassen.«

Seine Worte lösen eine ganze Reihe verschiedener Gefühle in mir aus, denn ich kann sehen, dass er jedes Wort davon ernst meint.

Er gibt mir das Gefühl wichtig zu sein, besonders.

Mir fällt der Satz meines Vaters wieder ein. *Zeit spielt beim Thema Gefühle keine Rolle. Wenn die Seele zweier Menschen zueinander passt, dann kann sich das innerhalb von Sekunden zeigen. Man braucht kein Leben lang um einen Menschen kennen und lieben zu lernen.*

Er hat Recht. Ich brauche Killian nicht ein Leben lang zu kennen, ich erkenne bereits nach so kurzer Zeit, dass ich etwas für ihn empfinde, auch wenn er mich vergangene Woche in Ruhe gelassen hat und wir somit nicht ein Wort miteinander gewechselt haben.

»Zeig mir, wie es wäre, dir zu gehören, Killian.«

Er lacht, öffnet seine Hose und lässt sie zusammen mit seiner Boxershorts auf den Boden sinken.

»Kleiner Engel, ich werde dir alles geben, was du willst. Doch eine Sache musst du dir merken! Für dich ist es nur eine Vorführung, doch ganz tief in dir drinnen weißt du bereits, dass du mir gehören wirst. Für immer.«

Ohne mir eine Sekunde zum Nachdenken zu geben, beugt er sich über mich und küsst mich, noch verlangender als vorhin.

Ich greife nach seiner Erektion und erstarre.

»Killian, du bist so groß, ich weiß nicht…«

»Ich bin vorsichtig, ich werde warten, bis du dich an mich gewöhnt hast.«

Zögerlich nicke ich und ziehe ihn wieder an meine Lippen heran.

Er dringt mit zwei Fingern in meine immer noch nasse Pussy.

Mit gekonnten Stößen, befördert er mich immer näher an den Abgrund.

»Bitte hör nicht auf…«

»Stöhn für mich, kleiner Engel, lass mich sehen, wie sehr es dir gefällt.«

Seine Finger bewegen sich immer schneller in mir. Stöhnend erlebe ich den ersten Orgasmus seit langer Zeit.

Ich bin vollkommen außer Atmen, doch ich habe immer noch nicht genug.

Erwartungsvoll und voller Lust sehe ich ihn an.

»Sag mir, was du willst.«

Für den Bruchteil einer Sekunde überkommen mich wieder Zweifel, doch diese schiebe ich schnell wieder ins verborgene.

»Schlaf mit mir, Killian.«

Ein kleines Grinsen erscheint auf seinem Gesicht. Während er nickt, greife ich nach seinem Schwanz und führe ihn an meinen Eingang.

Allein ihn dort zu spüren, lässt mich noch feuchter werden.

Ich drücke ihm mein Becken entgegen und wie

von selbst gleitet er vorsichtig in mich.

»Heilige Scheiße.«

Er ist so dick, dass er droht mich zu zerreißen.

Killian beginnt sich langsam in mir zu bewegen.

»Du fühlst dich so gut an, fuck, ich kann es nicht erwarten dich richtig zu ficken!«

Schwer atmend wird er schneller.

Er löst eine derartig große Lust in mir aus, dass mir die Schmerzen, die mir seine Größe bereiten, egal sind.

Ich werde nie wieder mit Jake schlafen können, ohne an Killian zu denken.

Er hat mich gerade für jeden anderen Mann verdorben.

Es ist deutlich zu spüren, wie sehr er sich zurück hält, um mich an seine Größe zu gewöhnen, doch das will ich nicht mehr.

Ich will alles, mit jeder Faser meines Körpers.

»Schneller, bitte, ich…«

Bevor ich ausgesprochen habe, zieht er sich aus mir zurück und versenkt seine gesamte Länge in mir.

Ein Schrei dringt aus meiner Kehle.

Ich schlinge meine Arme um seinen Hals, drücke mich ihm immer weiter entgegen, während er wie ein wildes Tier immer wieder aufs Neue in mich eindringt.

»Nie wieder wirst du einen anderen Mann so fühlen wie mich.«

Ich ziehe an seinen Haaren, beiße in seine Lippe,

seinen Hals und seine Brust.

Mit so viel Lust komme ich nicht klar.

Ganz ohne Vorwarnung komme ich erneut und er fickt mich wild durch den Orgasmus.

»Fuck, Killian, das ist so gut, bitte mach weiter! Gott, fick mich härter.«

Er kommt meiner Bitte nach und rammt sich immer härter in mich.

Seine Hand wandert an meiner Seite hoch zu meinem Hals.

Killian drückt mir leicht die Luft ab und sieht mir tief in die Augen, während er sich aus mir herauszieht.

»Du gehörst mir, Freya!«

Stoß

»Nur mir!«

Stoß

»Sag es!«

Stoß

»SAG ES!«

Sein Griff um meine Kehle wird stärker.

Sein Atem kommt immer gepresster. Ich will ihn so sehr. Ich will das alles, ich will ihm gehören.

»Ja... Ja, Gott, ja, ich gehöre dir.«

Er rammt sich noch drei weitere Male hart in mich und gemeinsam erleben wir einen intensiven Höhepunkt. So bin ich in meinem Leben noch nie gekommen. Meine Lust ist überall unter uns verteilt.

Was habe ich nur getan?

Vor lauter Lust habe ich eingewilligt ihm zu gehören, obwohl ich das eigentlich nicht kann.

Super gemacht, Freya!

»Fuck, kleiner Engel, das war verdammt intensiv.«

Er sackt über mir zusammen und vergräbt sein Gesicht in meiner Halsbeuge.

»Allerdings, es war unglaublich, aber Killian, ich kann Jake doch jetzt nicht einfach verlassen, ich meine…«

Er rollt sich von mir, legt sich auf die Seite, lehnt seinen Kopf auf seinem Arm ab und streichelt mir über die Wange.

»Du kannst und du wirst, sobald du merkst, dass es mir ernst ist.«

Natürlich zweifle ich daran, dass aus seiner Obsession etwas Ernstes werden kann. Ich habe mir ein Leben aufgebaut, mit dem Mann, den ich bereit war, mein gesamtes Leben an meiner Seite zu haben und jetzt kommt er, stellt alles auf den Kopf und will das ich alles wegschmeiße.

»Wer gibt mir die Garantie, dass du nicht morgen eine andere Frau im Park weinen siehst und sie vielleicht eine stärkere Wirkung auf dich hat, als ich es habe. Wer sagt das du nicht doch merkst, dass ich zu jung für dich bin. Was ist, wenn ich dir nicht genüge?«

Er schiebt mir seine Hand in die Haare und führt meinen Kopf an seine Brust, direkt über sein Herz.

»Ist das Garantie genug für dich?«

Sein Herzschlag, kommt meinem fast gleich. Es rast förmlich und droht ihm, genau wie mir, aus der Brust zu springen.

»Das geht doch nicht, Killian. Ich kann ihn nicht einfach verlassen.«

»Du wirst, ich weiß es.«

Einige Minuten liegen wir still da.

Ich höre wie gebannt seinem Herzschlag zu, der sich allmählich normalisiert hat.

Alles an dieser Situation ist anders als mit Jake. Ich kann nackt neben Killian liegen, ohne Angst zu haben, dass er mich überfällt, wenn ich es nicht will. Ich fühle mich so wohl wie schon lange nicht mehr, dass könnte mir zum Verhängnis werden.

Durch die Wärme seines Körpers, werde ich immer müder.

»Killian, ich glaube du solltest gehen.«

Ich erhebe mich von seiner Brust, stehe auf und ziehe mir den Bademantel an, der an dem Haken hinter der Tür hängt.

Als ich angezogen am Fenster vorbei gehe, um mein Handy am Ladekabel anzuschließen, kann ich im Augenwinkel sehen wie sich etwas bewegt.

Ich drehe mich in die Richtung der Bewegung und lasse vor Schreck mein Handy fallen.

»Killian, da! Er ist wieder da!«

Sofort springt er aus dem Bett und stellt sich vor mich.

»Nein verdammt! Ich wusste es! Ich bring ihn um! Nicht noch einmal wird er einer Frau aus meinem Leben zu nahe kommen! Diesmal werde ich ihn aufhalten.«

Er schnappt sich seine Sachen, zieht sich an und greift in seine Jacke.

»Steck sofort die Knarre weg, Killian! Du kannst das nicht tun, bitte beruhige dich.«

»Ich kann das nicht zulassen, Freya, nicht du auch noch. Ich ertrage das nicht! Er hat mir bereits zwei Mal das Herz aus der Brust gerissen!«

Wovon redet er denn da? Woher weiß er überhaupt wer da steht?

»Killian, bitte, du machst mir Angst. Setz dich, erzähl mir wer das ist und was er dir angetan hat.

Von welchen Frauen redest du?«

Ich wusste, dass er sich beruhigen wird, wenn er denkt ich habe Angst.

»Er will dich, Freya, das habe ich heute Morgen mit eigenen Augen gesehen. Komm zu mir, ich werde dir alles erzählen, kleiner Engel.«

Kapitel 9

4 Jahre zuvor

»Killian, mein Sohn, bitte reg dich nicht auf.
Gegen die Macht der Liebe kannst selbst du nichts ausrichten.«

Meine Mutter hat den Verstand verloren! Ich kann doch nicht einfach dabei zusehen, wie sie den Präsidenten der Death Bastards heiratet, während meine Zwillingsschwester seinen Sohn datet!

Mein Vater ist nicht ganz ein Jahr unter der Erde und schon drehen die beiden vollkommen durch! Seit Kayla mit diesem Aaron zusammen ist, erkenne ich sie kaum wieder.

Sie trinkt, nimmt Drogen und kleidet sich wie seine persönliche Nutte.

Von meiner Mutter, Laila, ganz zu schweigen. Sie hat sich ausgerechnet den Mann ausgesucht, von dem ich sicher bin, dass er meinen Vater auf dem Gewissen hat. Melone Winter.

Mein Vater, Blake Janson, war ein selbsternannter Rächer.

Er sah den Bikern, den kleinen Straßengangstern und den aufstrebenden Dealern dabei zu, wie sie, an Minderjährige oder bereits abhängige, Drogen verkauften.

Kurz nach dem Deal, kümmerte er sich um denjenigen der das Zeug verkaufte und danach brachte er den Käufer in eine Klinik. Die meisten der Geretteten waren ihm dankbar, die anderen entließen sich selbst und gaben sich den goldenen Schuss.

Seit mehreren Generationen kümmern sich die Männer in der Familie meines Vaters um diese Art der Säuberung.

Eine Stadt ohne Kriminelle wollten sie erschaffen, indem sie selbst mordende Wichser wurden.

Genau wie ich, denn seit dem Tod meines Vaters habe ich seinen Platz eingenommen.

Meine Schwester, das beste Beispiel dafür, was ich für niemand anderen will. Genau deswegen habe ich diesen Part übernommen.

Man kann mich gerne verurteilen, denn ich liebe es, diesen Typen das Leben aus dem Körper zu prügeln. Ja wenn man es so sieht, liebe ich es zu töten und ich werde nicht damit aufhören.

»Killian, hörst du mir überhaupt zu? Ich will das du dich benimmst. Melone ist ein toller Mann und wenn wir mal ehrlich sind, Sohn, er unterscheidet sich kaum von deinem Vater!«

Das meint sie doch nicht ernst? Sieht sie denn nicht, was aus ihr geworden ist?

»Mom, ich bitte dich. Du bist wieder vollkommen zugedröhnt, genau wie Kayla, die übrigens wieder in ihrer eigenen Kotze pennt! Was soll das alles? Du weißt genau wie ich, dass dein toller Melone, Dad auf dem Gewissen hat und du hast nichts Besseres zu tun, als dem Mörder deines Mannes, einen Freifahrtschein zwischen deine Beine zu geben?«

KLATSCH.

Diese Ohrfeige habe ich verdient.

»Entweder du kommst damit klar oder verlässt mein Haus. Deine Entscheidung, Killian.«

Das lasse ich mir nicht zweimal sagen. Ich renne in mein Zimmer, packe meine Sachen, verlasse das Haus, in dem ich seit 1 Jahr wieder zuhause bin und mache mich auf den Weg zurück in mein Penthouse.

. . . .

3 65 Tage sind vergangen, seit ich meine Mutter und meine Schwester das letzte Mal gesehen habe. Mittlerweile habe ich mir als -Der Killer des Schattens- einen Namen gemacht. Am Tag bekomme ich mehrere Aufträge handgreiflichen Ehemännern, Pädophilen oder anderem Abschaum, das Leben zu nehmen.

Ich bin ein gottloser Auftragsmörder und ich liebe es!

Heute ist die Hochzeit meiner Mutter und gleichzeitig die Verlobung meiner Schwester.

Ich kann es immer noch nicht glauben, was aus den beiden Frauen geworden ist, die für mich mehr als das Leben bedeutet haben.

Wie immer, nach einer Woche voller Blut an den Händen, liege ich zusammen mit einer Nutte in einem Motelzimmer.

Eigentlich habe ich bei meinem Job keine Zeit für Frauen. Doch es sind nicht irgendwelche, es sind die Nutten der Biker.

Sie ficken wie Göttinnen, liefern mir Informationen über meine Mutter und meine Schwester, verschwinden danach wieder und ich bekomme sie nie wieder zu Gesicht.

Woche für Woche mache ich mir eine von ihnen klar.

Ihre Erzählungen sind das Einzige, was mich noch am Leben hält.

Das Wissen darüber, dass die beiden noch am Leben sind, ist das Wichtigste für mich!

Ich bin bei Gott kein Muttersöhnchen, hier geht es eher um meinen Zwilling.

Candy, so heißt die Nutte, die ihren Rausch neben mir ausschläft, hat mir ein Bild meiner Schwester gezeigt. Würde ich sie auf der Straße sehen, hätte ich sie niemals wiedererkannt.

Sie ist von den Drogen vollkommen abgemagert.

Ihre schwarzen Locken sind durch einen kurzen Wasserstoffblonden Bob ersetzt worden und ihre braunen Augen, hat sie durch Kontaktlinsen in blaue verwandelt. Äußerlich unterscheidet sie sich kaum von den anderen die bei den Bastards ein und aus gehen.

Meine Mutter sieht ebenfalls katastrophal aus, sie hat sich ihr Gesicht mit Botox vollpumpen lassen.

Für den heutigen Tag habe ich mir vorgenommen zu versuchen, die beiden ein letztes Mal zur Vernunft zu bringen, doch dafür muss ich erst mal die Schnapsleiche neben mir aufwecken.

»Wach auf und verschwinde, ich muss mich fertig machen.«

Sie schreckt auf, dreht sich zu mir und will mich küssen. Gott, lernen die Weiber es nicht?

Ich küsse nicht. Niemals!

Ich schubse sie etwas zu stark von mir, sie fliegt fluchend vom Bett, steht auf und zieht sich ihren Fummel an.

»Sehen wir uns nochmal? Du warst der Wahnsinn, Killer.«

»Nein und jetzt verschwinde endlich!«

Fluchend verlässt sie das Zimmer und ich mache mich auf den Weg ins Badezimmer dieser ekligen Absteige.

Nach einer schnellen Dusche ziehe ich mir eine schwarze Jeans und einen schwarzen Kapuzenpullover an und darüber meine Lederjacke, in der ich, wie immer, eine Waffe trage.

In meinem Stiefel platziere ich ein Messer und mache mich anschließend auf den Weg meine

Liebsten vor dem größten Fehler ihres Lebens zu bewahren.

20 Minuten später komme ich vor dem Clubhaus an. Wie erwartet, stehen hier bereits über hundert Motorräder mit Kennzeichen aus verschiedenen Ländern. Bereits bei dem Anblick, wie viele Anhängsel dieser Club hat, könnte ich kotzen!

Ich bahne mir einen Weg durch die Menge und stoße mit zwei Lockenköpfen zusammen, die ich am liebsten umarmen, als auch erwürgen würde. Sie können es nicht lassen, immer sind sie dort, wo sie nicht sein sollten!

»Was macht ihr zwei Dummköpfe denn hier?«

Synchron drehen sie mir ihre Gesichter zu.

Meine zwei wunderschönen Cousinen Bri und Ana. Die beiden sind gerade mal 18 und schon in das Familiengeschäft meines Vaters eingestiegen. Auf den ersten Blick würde man niemals denken, dass die beiden seit ihrem 15ten Lebensjahr kaltblütige Killerinnen sind.

»Killi-Bär, schön dich zu sehen. Was machen wir wohl hier? Entweder wir nehmen unsere Tante und Kayla mit nach Hause oder wir jagen einfach die Biker in die Luft. Und du so?«

Bri zieht mich in eine Umarmung und wie immer kuschelt sie sich an mich. Ich hatte schon immer einen sehr ausgeprägten Beschützerinstinkt, wenn es um die beiden ging.

Wir könnten definitiv niemals verleugnen, dass

wir verwandt sind.

Bri, Ana, Kayla und ich haben alle dieselben strahlend braunen Augen, wir kommen alle nach der väterlichen Seite der Familie.

»Ich hatte eigentlich vor die beiden ebenfalls rauszuholen, jetzt jedoch will ich das ihr verschwindet. Egal wie gut ihr seid, ich will das ihr in Sicherheit seid.«

Ana schneidet mir das Wort ab, wie immer.

Ich wundere mich immer wieder, wie ich die beiden überhaupt unterscheiden kann.

»Wir gehen nicht, Killi-Bär. Wir sind eine Familie, wir haben nur uns, also sei kein Arsch und lass uns unsere Arbeit machen!«

Ohne eine Antwort meinerseits abzuwarten, zieht sie Bri aus meiner Umarmung und verschwindet zusammen mit ihr im Getümmel.

Kopfschüttelnd suche ich die Menge nach meiner Schwester ab. Es dauert nicht lange bis ich sie in einer hitzigen Diskussion mit meiner Mutter vorfinde.

Ohne entdeckt zu werden, stelle ich mich in ihre Nähe und belausche ihren Streit.

»Mom, bitte, dass kannst du mir nicht antun! Ich will das alles nicht! Du hast Scheiße gebaut, du hast dir Feinde gemacht, vor denen du Schutz brauchst, nicht ich!«

»Kayla, bitte! Wir brauchen ihren Schutz! Denkst du wirklich ich liebe diesen Mann? Natürlich nicht! Ich konnte den Tod deines Vaters ohne die Drogen

nicht verkraften! Melone wird uns beschützen können vor denjenigen, denen ich das Geld schulde.«

Das ist nicht ihr Ernst, bitte lass das alles nur ein
schlechter Scherz sein!

»Ja also, Mom! Wieso muss ich dann mit Aaron
zusammen sein? Du hast doch den Kopf der Bande!
Wieso muss ich darunter leiden?«

»Weil ich nicht ewig lebe! Dein Bruder kann dich
nicht so beschützen wie Aaron! Die Diskussion ist
hiermit beendet! Geh und zieh dich um Kayla, das ist
mein letztes Wort.«

Das ist mit Sicherheit nicht die Frau die ich 29
Jahre lang als meine Mutter gesehen habe.

Aus meiner Position kann ich sehen, wie Kayla
den Hauptsaal verlässt und in die Richtung geht, in
der die Wohnungen liegen.

Bri und Ana scheinen das Gleiche wie ich gehört
zu haben, das kann ich anhand ihrer Gesichter erkennen.

Sie nicken mir zu, ich überlasse ihnen meine Mutter und folge meinem Zwilling.

Da ich sie oft hier besucht habe, ohne dass sie es
wusste, kenne ich den Weg in Aarons Wohnung.

»Du hast hier nichts zu suchen!«

Wenn man an den Teufel denkt, erscheint er in
Form von Aaron Winter!

»Ich gehe zu meiner Schwester. Versuch es mir
doch zu verbieten!«

Ein Poltern lässt es erst gar nicht zu einem Kampf

kommen, wir rennen beide in die Richtung seiner Wohnung und ich trete die Tür ein.

»Kay, Kay!«

Ich werde dieses Bild nie wieder aus dem Kopf bekommen.

Leere aufgerissene Augen.

Eine Spritze in ihrer Brust. Fuck, sie steckt direkt in ihrem Herz.

Blitzschnell erreiche ich sie, ziehe das Teufelszeug heraus, doch es ist zu spät. Ich bin verdammt nochmal zu spät!

»Ich liebe dich, Killi-Bär...«

Gerade als sie noch etwas sagen wollte, erleidet sie einen kurzen Krampfanfall.

»STEH HIER NICHT SO RUM! RUF HILFE VERDAMMT!«

Aaron greift nach seinem Handy, doch bevor er jemanden erreicht, erschlafft der Körper meiner Schwester und sie stirbt in meinen Armen.

»Was ist das?«

Aaron greift nach ihrer Hand und zieht einen Brief heraus.

Während er liest, sehe ich wie ihm die Gesichtszüge entgleiten.

»DIESE VERDAMMTE HURE!!«

Wutentbrannt rennt er aus dem Zimmer als gerade die Zwillinge eintreffen.

»Nein! Bitte sag mir das sie noch lebt! KILLIAN SAG DAS SIE NOCH LEBT!«

Bri setzt sich zu mir auf den Boden und bricht auf dem leblosen Körper meiner Schwester zusammen, genau wie Ana, die sich auf die Knie sinken lässt und schreit.

Ich kann nicht beschreiben, wie sehr mich der Schmerz zerreißt. Sie ist weg, mein Zwilling, mein zweites Ich, die zweite Hälfte meines Herzens ist tot.

Nach einigen Minuten überlasse ich den Körper meiner Schwester den Zwillingen, und mache mich auf die Suche nach dem Mann, der daran schuld ist.

Als ich gerade vorhabe auf ihn loszugehen, passiert alles auf einmal.

»Du hast sie in den Selbstmord getrieben, du geldgeile Hure!«

Er zieht eine Waffe, doch bevor ich ihn erreichen kann, schießt er meiner Mutter in den Kopf.

Hinter mir ertönen weitere Schüsse.

Als ich mich in die Richtung drehe, aus der die Kugeln kommen, sehe ich Bri und Ana wie wild einen Biker nach dem anderen erschießen.

Keiner der Anwesenden traut sich die Waffen in ihre Richtung zu erheben, außer einer.

Melone richtet seine Waffe auf die beiden, doch bevor er dazu kommt abzudrücken, erschießen sie ihn.

Die eine Kugel trifft sein Herz, die andere direkt zwischen seine Augen.

»Killi-Bär, mach das du raus kommst! Gleich wird es heiß!«

Ich weiß genau, was sie vorhaben. Bri rennt in meine Richtung, als Ana eine Granate zieht, diese entriegelt und sie im Rennen direkt vor Aarons Füße wirft. Wir schaffen es gerade noch rechtzeitig nach draußen, als alles hinter uns in die Luft geht.

Gerade als ich denke, wir haben Kayla und Mom gerächt, steigen Aaron und einige seiner Männer wie Phönixe aus der Asche empor.

Es ist noch nicht vorbei.

Dein Leben gehört mir, Aaron!

Ich werde der Henker sein und meine Kugel wird deine letzte Mahlzeit!

Kapitel 10

Freya

Noch nie hat mich das Schicksal eines anderen derart zum Weinen gebracht. Ich sitze vor Killian auf dem Boden, um mich herum liegen bestimmt 20 Taschentücher. Den Schmerz, den er gespürt haben muss, kann ich mir nicht annähernd vorstellen.

»Es tut mir so verdammt leid, Killian!« Ich krabble zu ihm und setze mich auf seinen Schoß.

»Ich kann dich nicht auch noch verlieren, kleiner Engel. Verstehst du jetzt, wieso ich gesagt habe, du sollst nicht mehr alleine aus dem Haus?«

An seine Brust gekuschelt, nicke ich.

»Ich war bei ihm zu Hause, nach dem ich gesehen habe, dass er dich beobachtet. Freya, er wird Jake zu einem Member machen. Das bedeutet, er darf dich für sich beanspruchen und glaub mir, das wird er. In seinem ganzen Schlafzimmer hängen Bilder von dir! Fuck, er hat sogar Bilder, auf denen du nackt bist!«

Mir läuft es eiskalt den Rücken runter. Mir ist nie aufgefallen das mich jemand beobachtet hat, geschweige denn Bilder von mir gemacht hat.

»Denkst du er hat dich erkannt? Gott, Killian, was ist, wenn er es Jake sagt?«

»Das wird er nicht. Aaron wird alles in seiner Macht stehende tun, dass er dich bekommt. Er wartet die Zeremonie ab, die Jake zu einem vollwertigen Mitglied macht und nachdem er dich dann für sich beansprucht hat, wird er ihn höchstwahrscheinlich töten.«

Bevor ich ihm antworten kann, höre ich ganz deutlich, wie die Eingangstür ins Schloss fällt.

»Scheiße! Er ist zuhause! Gott, was machen wir denn jetzt?«

Panisch stehe ich auf und suche nach einem Versteck für Killian.

»Beruhige dich, kleiner Engel, schon vergessen?

Ich bin dein Schatten, ich komme und gehe, ohne dass es jemand merkt.«

Er dreht sich in die Richtung des Fensters, bleibt jedoch stehen und sieht mich nochmal an.

»Ich werde es nicht zulassen, Freya. Du gehörst mir! Weder er noch Jake werden das ändern! Und denk dran, wenn er dich ficken sollte, muss ich dich leider bestrafen.«

Er zieht mich an sich, drückt mir einen Kuss auf die Lippen und verschwindet durch das Fenster, als die Tür aufgeht.

»Baby, wieso bist du denn noch wach? Und wieso steht das Fenster offen?«

Wie versteinert schaue ich meinen Verlobten an.

Seine Pupillen sind geweitet und seine Kleidung schweißnass.

»Hast du dir was eingeschmissen?«

Er reißt seine bereits großen Augen noch weiter auf.

»Es ist nicht wie du denkst, Baby. Aaron hat sich einen Spaß erlaubt und eine Pille in alle Gläser geschmissen. Kein Grund zur Sorge.«

Jetzt reicht es mir aber!

»Jake, wieso lügst du mich die ganze Zeit an? Aaron ist nicht in deinem verdammten Team! Er ist der Bastard der Bastards! Was hast du mit diesen Leuten zu tun? Was ist aus meinem Jake geworden, dem der mich nie belogen hat, mich nie angeschrien oder geschlagen hat? Wo ist der Mann, in den ich mich verliebt habe, für den ich alles aufgegeben habe?«

Das musste jetzt raus, auch wenn ich sehe, dass sich Jakes Nasenflügel aufblähen.

»WOHER ZUM TEUFEL KENNST DU IHN? FREYA, ICH BRING DICH UM, WENN DU IHN GEFICKT HAST!«

»Jeder kennt diesen Typen! Wieso denkst du denn gleich immer ich hätte etwas mit irgendwelchen anderen? Sehe ich für dich aus wie eine Hure?«

Er kommt einen Schritt näher und baut sich drohend vor mir auf.

»Wenn meine Verlobte mit fremden Männern im Park redet, Gangster kennt, obwohl sie mit so etwas nichts zu tun hat, stellt sich mir eben die Frage, woher.«

Er macht mir eine Heidenangst! Ich will nicht, dass er wieder so ausrastet.

»Es tut mir leid, Schatz, du hast Recht. Können wir jetzt bitte nicht mehr streiten? Ich hasse es, wenn es so zwischen uns ist. Ich vermisse dich einfach nur, du bist nur noch so selten zu Hause und...«

Bevor ich ausreden kann, zieht er mich in seine Arme.

»Ich hasse es auch, Baby, bitte glaub mir, wenn ich dir sage, dass egal was ich mache, ich alles nur für dich tue. Und verdammt, du fehlst mir so sehr, aber ich kann es momentan nicht ändern. Bald hat alles ein Ende und wir verschwinden von hier. Nur du und ich, weg von all der Scheiße. Ich liebe dich so verdammt sehr, dass es weh tut.«

Wow, so ehrlich war er noch nie. Sofort überkommt mich mein schlechtes Gewissen, doch es ist nicht so schlimm wie ich dachte, ich merke gerade nur, dass ich mehr für Killian fühle als ich mir eingestehen will. Diese Worte aus seinem Mund zu hören, würde mir noch viel mehr bedeuten.

»Ich dich auch, Jake. Komm lass uns schlafen gehen, ich muss morgen arbeiten.«

Er nickt und zieht sich aus. Zu meinem Glück zieht er seine Pyjamahose an.

An mir klebt immer noch Killians Samen, ich könnte mir nichts Schlimmeres vorstellen, als es mit Jakes zu vermischen. Wir machen es uns bequem und ich drehe mich wie immer in die Richtung des

Fensters. Dort steht er, der Mann, der mein Leben in so kurzer Zeit komplett auf den Kopf gestellt hat.

Als ich durch den schrillen Ton meines Weckers geweckt werde, ist die andere Seite des Bettes bereits leer.

Müde drehe ich mich hin und her, als mich das Klingeln meines Handys hochschrecken lässt.

Verschlafen greife ich danach und nehme den Anruf entgegen, ohne zu sehen, wer es ist.

»Hallo?«

»Guten Morgen, kleiner Engel.«

Sofort macht mein Herz einen Satz und ich bin hellwach.

»Guten Morgen, Stalker-Boy. Hast du gut geschlafen?«

»Stalker-Boy also, ja? Ich habe überhaupt nicht geschlafen, ich war die ganze Nacht vor deinem Fenster und habe dabei zugeschaut, wie dieser Wichser seinen Arm über dir ausgebreitet hat. Steh auf, ich bring dich zur Arbeit.«

Ich freue mich so sehr darauf ihn zu sehen, dass ich sofort aufstehe, den Anruf beende, ohne etwas zu sagen und ins Bad eile.

15 Minuten später bin ich geduscht, geschminkt und angezogen. Das schreit nach einem Weltrekord!

Meine Haare trage ich offen.

Mein Make-Up besteht aus Wimperntusche, einem dünnen Eye-Liner, etwas Bronzer und einem nudefarbenen Lippenstift. Mein Outfit ist wie immer schlicht.

Ich trage eine schwarze Feinstrumpfhose, einen schwarzen Bleistiftrock und einen weißen Wollpullover.

Unten angekommen, entscheide ich mich für einen schwarzen langen Mantel und weiße Boots, schnappe mir meine Tasche und verlasse das Haus.

Verwirrt sehe ich mich um, ich kann Killians Wagen nirgends erkennen.

Gerade als ich mein Handy heraushole, hält er mit quietschenden Reifen vor mir und steigt aus.

»Will ich wissen, wieso du genau wusstest wann ich raus komme?«

Er läuft um den Wagen herum, zieht mich in seine Arme und lehnt mich gegen das kalte Blech.

»Nenn es Intuition, wenn es dir damit besser geht.«

Killian beugt sich vor, um mich zu küssen, doch ich stoppe sein Vorhaben.

»Nicht, man könnte uns sehen, lass uns gehen, ich muss arbeiten.«

»Gestern hat dich bestimmt die ganze Nachbarschaft schreien gehört, kleiner Engel. Aber gut, ich respektiere vorerst deine Grenzen, komm.«

Wie immer öffnet er mir die Beifahrertür und lässt mich einsteigen.

Als er ebenfalls Platz genommen hat, startet er den Motor und fährt los.

Ich erzähle ihm von dem Gespräch mit Jake von

gestern Abend, während er in ein Bäckerei- Drive In fährt und uns Frühstück besorgt.

Nachdem wir mit dem Essen fertig sind, hält er vor der Buchhandlung.

»Es ist mir wirklich egal, wie nett er zu dir war. Du wirst ihn verlassen, Freya. Und wenn du wirklich auf die Idee kommst, mit ihm wegzugehen, sei dir sicher, ich werde dich überall finden!«

Um dieses Gespräch nicht zu vertiefen, drücke ich ihm einen kurzen Kuss auf die Lippen und verlasse das Auto.

Kurz nach Geschäftsbeginn widme ich mich wie gewohnt meiner Routine, als die Türglocke läutet.

Oh nein, was will der denn hier? Ich erkenne sofort diese eisblauen Augen, auch wenn er versucht hat sein Äußeres zu verändern.

Ich versuche, so gut wie möglich, mein Pokerface aufrecht zu erhalten.

»Guten Morgen, kann ich ihnen helfen oder wissen sie bereits, was sie brauchen?«

Er trägt eine hellblaue Jeans, ein weißes Hemd und darüber eine Schwarze Daunenjacke.

»Guten Morgen, ich bin neu in der Stadt und wollte einfach mal ein wenig herumstöbern.«

Was spielt er denn jetzt für ein Spiel? Denkt er denn wirklich ich würde seine Augen nicht erkennen, nur weil der Rest seines Gesichts verdeckt war?

»Falls ich ihnen helfen kann, sagen sie mir bescheid.«

Sein Anblick lässt es mir eiskalt den Rücken herunterlaufen. Auch wenn er sich wie ein normaler Bürger angezogen hat, kann ich die Gefahr, die von ihm ausgeht, deutlich spüren.

Ich frage mich, wo Killian ist. Hat er ihn etwa auch nicht erkannt?

Er schlendert durch den Laden, immer wieder erwische ich ihn dabei, wie er in meine Richtung sieht. Langsam bekomme ich es mit der Angst zu tun. Außer uns ist keiner hier. Was ist, wenn er das ausnutzt und mir etwas tut?

Erneut läutet die Türglocke. Mein Kopf schießt nach oben und ich sehe Jake. Gott sei Dank! Er kommt wie gerufen!

Ich renne ihm in die Arme.

»Whooow, Baby. Ist alles in Ordnung?«

»Ich fühle mich etwas unwohl, gerade hat ein Kunde den Laden betreten. Irgendwie macht er mir Angst.«

Showtime.

Ich kann diese Situation schamlos ausnutzen.

Jake erstarrt als er in Aarons Gesicht blickt, und dieser grinst ihn diabolisch an.

»Na wenn das nicht mein einziger Freund in London ist! Jake mein bester! Was machst du denn hier?«

Killian hatte Recht! Dem Typen sind alle Mittel recht, um an mich heran zu kommen!

Hier spielt er den Touristen, der nur Jake kennen mag, aus welchen Gründen auch immer und abends dröhnen sie sich zusammen die Birne zu.

»Ich komme meine Verlobte bei der Arbeit besuchen. Was willst du hier, *mein Freund?* Hätte dich nicht für einen Bücherwurm gehalten.«

In der Stimme meines Verlobten liegt so viel Hass, dass selbst ich Angst bekomme.

»Das ist Freya? Wow, sie ist eine wahre Schönheit.«

Aaron macht einen Schritt auf mich zu. Jake reagiert schnell und schiebt mich hinter sich.

»Was soll das? Ich bin dein Freund, willst du uns nicht bekannt machen?«

Um Gottes Willen, was geht hier vor sich? Es fehlt nicht mehr viel und die beiden gehen aufeinander los.

Aaron denkt also, ich würde nicht wissen, dass Jake sich mit den Bikern abgibt. Wieso habe ich das Gefühl, das könnte total gefährlich werden?

»Sie ist bei der Arbeit Aaron, es wird sich bestimmt eine Gelegenheit bieten, euch einander bekannt zu machen. Lass uns gehen, wir hatten heute einiges vor.«

Jake zieht mich an sich, küsst mich besitzergreifend und verlässt zusammen mit Aaron den Laden.

Ich habe keinen blassen Schimmer, was das gerade sollte, aber ich fühle mich total unwohl bei der ganzen Sache.

Als sich wieder die Tür öffnet, zucke ich vor Schreck zusammen.

Kein Aaron, kein Jake. Zum Glück.

Einige Studenten betreten den Laden und machen sich auf den Weg direkt in die Abteilung der wenigen Lehrbücher.

»Hallo, kleiner Engel.«

Zwischen den ganzen Studenten ist mir gar nicht aufgefallen das Killian auch hier ist.

»Was ist los? Ist alles in Ordnung?«

Sein besorgter Blick lässt mein Herz schneller schlagen. Ich ziehe ihn zu einer der Sitzmöglichkeiten und erzähle ihm alles.

Immer wieder muss ich weg, um zu kassieren, doch er bewegt sich nicht von der Stelle. Ob es eine gute Idee war ihm alles zu erzählen, weiß ich nicht, jedoch fühle ich mich gleich freier und vor allem viel sicherer.

Als endlich alle wieder weg sind, beschließe ich meine Pause vorzuziehen und schließe den Laden.

»Was hast du vor?«

»Ich brauche eine Pause, Killian, mir ist das alles zu viel.«

Er folgt mir in den Mitarbeiterbereich und setzt sich an den Tisch.

»Verlass ihn, komm mit mir, bei mir bist du sicher.«

Als wenn das alles so einfach wäre.

»Wie stellst du dir das denn vor? Ganz im Ernst, wir kennen einander nicht, ich weiß so gut wie nichts über dich und andersrum ist es genauso. Es ist einfach nicht richtig…«

»Gott, hör endlich auf damit! Ich habe dir gesagt, dass du verdammt nochmal mir gehörst, und das habe ich auch so gemeint! Du kannst es nicht ändern, verdammt, wenn es sein muss, nehme ich dich einfach mit. Was willst du machen, wieder zu ihm zurück gehen? Selbst wenn du es willst, es gibt keinen anderen Weg. Du. Gehörst. Mir!«

Jetzt dreht er auch noch vollkommen durch, was ist denn mit den Männern in meiner Umgebung los?

»Hör auf dir so viele Gedanken zu machen, du kannst es ohnehin nicht ändern. Ich will dich, kleiner Engel, nur dich und du wirst auch nur mich wollen, es ist nur noch eine Frage der Zeit.«

Er steht auf, umrundet den Tisch, stellt sich vor mich und flüstert mir heiser ins Ohr.

»Sieh es endlich ein, kleiner Engel, du entkommst mir nicht. Niemals.«

Mein Körper reagiert direkt auf seine Stimme.

Ich kann nichts dagegen tun, egal wie sehr ich mich wehre.

Was hat dieser Mann nur an sich?

»Killian, bitte, lass mich, ich will das jetzt nicht.«

Anstatt Abstand zu nehmen, kommt er mir immer näher.

»Ich kann deine nasse, willige Pussy riechen, kleiner Engel. Lüg dich nicht selbst an.«

Verdammt! Er ist gut mit Worten, sodass ich wirklich drohe auszulaufen.

»Blödsinn! Du versuchst mich nur zu verwirren!«

»Ah wirklich, ich rede Blödsinn?«

Killian drängt mich an den Tisch, schiebt die Sachen, die darauf stehen, beiseite und drückt mich mit dem Rücken auf die Tischplatte.

»Lass mich sofort los, Killian! Ich will das nicht!«

Ohne auf mich einzugehen, schiebt er meinen Rock hoch und zieht mir die Strumpfhose bis zu den Knien runter.

»Scheiße, dein komplettes Höschen ist nass, ich rede also Blödsinn, ja?«

Wie komme ich da nur raus? Stumm liege ich wie ein Brett auf dem Tisch und warte auf seinen nächsten Schritt.

»Sag schon, kleiner Engel, willst du dich selbst weiterhin belügen, oder fügst du dich endlich dem Verlangen deines Körpers?«

»Ja...«

»Ja was? Hörst du endlich auf?«

»Nein! Ich will das du mich loslässt, Killian!«

Auch wenn wir beide wissen, dass ich lüge, will ich nicht noch weiter gehen.

Ich kann es mir nicht erlauben, mich voll und ganz in ihn zu verlieben, das ist nicht richtig.

Gerade als ich glaube, dass er es begriffen hat, schiebt er meine Beine auseinander, geht auf die Knie, zerreißt mein Höschen und versenkt seine Zunge in meiner nassen Spalte.

»Herrgott! Killian!«

Scheiß drauf, das ist genau das, was ich will, genau das, was ich brauche. Nur er kann es mir geben, nur er kann diese Gefühle in mir auslösen.

Ich vergrabe meine Hand in seinen Haaren, um ihn noch mehr zu spüren.

Seine Zunge spielt mit meinem geschwollenen Kitzler, schiebt mich immer weiter in Richtung Nirvana. Als er auch noch leicht an mir zu knabbern beginnt, und zwei Finger in meine Pussy schiebt, verliere ich mich in meiner Lust. Alles beginnt sich zu drehen, doch ich kann nicht anders, ich will mehr. Ich will ihn. Jetzt sofort.

»Killian, bitte…«

Er erhebt sich, steht zwischen meinen Beinen, wischt sich mit einem Finger, meine Lust aus dem Mundwinkel und nimmt ihn in den Mund. Durch diese Geste hat er es geschafft, dass mir meine Lust an den Schenkelinnenseiten herunterläuft.

»Was willst du von mir, kleiner Engel?«

Sein Grinsen gleicht dem eines Dämons.

Er weiß genau, was ich will, genießt es jedoch in vollen Zügen mich zu foltern.

Ich will gerade etwas sagen, als er sich von mir entfernt.

Er hebt den Arm so, als würde er nach der Uhrzeit schauen.

»Ich sollte los. Ich hol dich später ab.«

Niemals würde er mich einfach so liegen lassen. Oder doch?

Er läuft zur Tür, und ohne, dass ich bemerke, was ich tue, greife ich nach seinem Arm und halte ihn auf.

»Geh nicht«, flüstere ich verlegen und drehe meinen Kopf von ihm weg.

»Sag mir, was du von mir willst. Du bekommst alles, du…«

»Fick mich, Killian, jetzt, hier und hart. Lass mich das wieder fühlen, bitte.«

Ich erkenne mich selbst nicht mehr, niemals im Leben hätte ich einen Mann darum gebeten mich zu benutzen.

»Benutz mich, fick mich ohne jede Hemmung, bitte...«

»Ich werde dich nicht benutzen, Freya, niemals.

Ich bin Dominat und ich weiß, dass du es liebst. Das hat nichts mit benutzen zu tun.«

Wieso ist dieser Mann so perfekt?

Ich lege mich breitbeinig auf den Tisch zurück, doch er schüttelt den Kopf

»Streck mir deinen süßen Arsch entgegen, kleiner Engel. Du willst es also hart, ja?«

Ich ändere meine Position, lehne meinen Oberkörper auf dem Tisch ab, drehe meinen Kopf zu ihm und nicke.

»Halt dich fest.«

Ich greife an das andere Ende des Tisches, gerade rechtzeitig, denn Killian stößt ohne Vorwarnung hart und verdammt tief in mich.

Ein Schrei dringt aus meiner Kehle. Doch er lässt

sich davon nicht aufhalten.

Er verharrt für einen kurzen Moment in mir, atmet erleichtert aus und zieht sich aus mir zurück, nur um noch einmal tief in mich zu stoßen.

»Du fühlst dich genauso göttlich an, wie du schmeckst. Gott, ich liebe es deine enge Pussy um meinen Schwanz zu haben.«

Er zieht mich an den Haaren zu sich und küsst mich stürmisch.

Die Geräusche, die er von sich gibt und sein hektisches Atmen machen mich vollkommen willenlos.

Er gibt meinen Mund frei und ich kann nicht anders, als lustvoll zu stöhnen. Ich liebe alles an diesem Sex. Seine harten Stöße, seine groben Hände, die beginnen mit Druck meine Brüste zu kneten.

Ich würde alles tun, um seine warme Haut auf mir zu spüren.

Ihm scheint es genauso zu gehen, denn mit einem Griff zieht er mir den Pullover über den Kopf und tut dasselbe bei sich.

Kaum hat er uns von dem Stoff befreit, zieht er mich zurück an sich.

Die Wärme, die von ihm ausgeht, lässt mich schmelzen.

Ich bin dabei ihm vollkommen zu verfallen und das Problem dabei ist, ich will es gar nicht anders. Ich will dieses Gefühl ihm zu gehören nicht missen.

Ich brauche ihn.

»Ich liebe es, dich so zu spüren, Killian.«

Ein Grinsen schleicht sich auf sein wunderschönes Gesicht und er nimmt wieder an Tempo zu.

Immer lauter wird das Geräusch von unserer aufeinander klatschenden Haut.

Genauso wie meine Schreie immer lauter werden. Killian trifft immer und immer wieder den richtigen Punkt in mir.

»Ohh... Gott... Ich... Oh mein Gott, Killian!«

Mit einer Hand in meinem Haar zieht er mich wieder an seine Lippen während er mit der anderen meinen Kitzler stimuliert.

Ich beginne am ganzen Körper zu zittern.

Sterne bilden sich vor meinen Augen, als ich von ihm immer härter gegen den Tisch gefickt werde, sodass wir beide gleichzeitig den Höhepunkt erreichen.

Das wird sicher blaue Flecken auf meiner Hüfte hinterlassen.

Ich sinke erschöpft auf der Tischplatte zusammen. Killian zieht sich aus mir zurück und ich kann spüren, wie sein Sperma mir die Beine herunterläuft.

Er schiebt einen Arm unter meinen Bauch, hebt mich leicht an und setzt sich mit mir auf seinem Schoß auf den Stuhl der als einziger stehen geblieben ist.

Ich schaue mich in dem kleinen Raum um und beginne aus vollem Halse zu lachen.

»Killian? Was haben wir getan?«

Er folgt meinem Blick und stimmt in mein Lachen

ein. Ich wurde wortwörtlich, quer durch den Raum gefickt. Der Tisch, der normalerweise in der Mitte steht, versperrt jetzt die Tür.

Fünf Stühle liegen auf dem Boden, genau wie alles andere was auf dem Tisch lag.

»Warte nur ab, kleiner Engel, das war noch nicht alles. Das nächste Mal katapultiere ich dich in den Himmel.«

Immer noch nackt, setze ich mich rittlings auf seinen Schoß, sofort merke ich wie er unter mir wieder hart wird.

Himmel, was hat dieser Mann für eine Ausdauer.

»Du hast recht, mit allem, was du sagst. Aber bitte, bitte gib mir Zeit.«

Er nimmt mein Gesicht in seine Hände und lehnt seine Stirn an meine.

»Du bekommst alles, was du willst, kleiner Engel, doch treib es nicht zu weit. Wenn es mir zu blöd wird, hole ich dich und nehme dich mit in meine Dunkelheit.«

»Okay…«

Er hebt seinen Kopf und sucht in meinen Augen nach jeglichem Zweifel, jedoch findet er nichts.

Ich meine es ernst, ich werde versuchen Jake noch vor Silvester zu verlassen.

»Es gibt kein Entkommen, Freya. Spiel nicht mit mir.«

»Das habe ich nicht vor, Killian. Allerdings sollte ich jetzt wieder an die Arbeit. Wir sehen uns heute

Abend.«

Ich drücke ihm einen Kuss auf die Lippen, stehe auf und will gerade nach meiner Kleidung greifen, als er mich am Handgelenkt zurück auf seinen Schoß zieht.

»Du gehörst also wirklich mir, verstehe ich das richtig?«

Das Lächeln auf seinem Gesicht, das Funkeln in seinen Augen, zeigt mir, dass es die richtige Entscheidung sein wird.

»Mit ein wenig Geduld, ja.«

Sein Lächeln wird immer breiter, noch nie habe ich so einen Ausdruck auf Jakes Gesicht gesehen.

Er vergräbt seine Hand in meinem Haar und küsst mich, so voller Leidenschaft, voller Gefühl und Zuneigung, dass es mir das Herz zuschnürt.

Es ist das Richtige. Ganz bestimmt.

· · · · · · · · · · · · · ·

Aaron

>>**W**^{as} soll der Scheiß, Aaron, was machst du bei Freya und wieso siehst du so aus, wie du aussiehst?«

Dieser Idiot geht mir so dermaßen auf den Sack!

Wenn er wüsste, was ich heute Nacht gesehen habe, würde er mich nicht so volljammern!

Er würde mich darum bitten, die Pest, die in Form von Killian auf dieser Erde wandelt, zu töten!

»Mach dich mal locker, ich wollte doch nur sehen, wer dich bei deinen Aufgaben so ablenkt.«

Lüge! Ich wollte in ihre verlogenen Augen sehen, ich wollte sehen, ob er sie beschmutzt hat, doch um ehrlich zu sein, wollte ich sie trotzdem ficken.

Wie kann sie sich nur mit ihm abgeben? MIT IHM?

Ich hätte ihn töten sollen, als ich noch die Gelegenheit dazu hatte, jetzt ist er unantastbar.

Killian ist wie ein Phantom.

Keiner sieht ihn, keiner weiß, wo er wohnt. Nichts!

Es gibt einfach nichts über ihn.

Und dann, wie aus heiterem Himmel sehe ich, wie er sich auf ihr einen runterholt!

Erst dachte ich, er ist irgendein perverser, doch als ich beobachtet habe, wie er mit nur einem kurzen

Handgriff die Hintertür offen hatte, wusste ich es.

Killian ist zurück in der Stadt, wenn er überhaupt jemals weg war.

Er will sie, genau wie ich sehen konnte, dass sie ihn auch will.

Diese Rechnung haben die Beiden ohne mich gemacht.

SIE GEHÖRT MIR.

»Aaron, ich rede mit dir!«

Ah, der Idiot ist ja immer noch da.

»Los beweg dich, du brauchst ein Bike und ich sollte aus diesen ekligen Klamotten raus.«

Er nickt mir zu, ich schwinge mich auf mein Bike, welches ich in unmittelbarer Nähe geparkt habe und folge dem Idioten Richtung Industriegebiet.

Dort wartet sein Bike, welches er bekommt, wenn er einem kleinen Dealer, der eine unserer Nutten vergewaltigt hat, in den Kopf schießt.

Mal sehen, wie er sich so macht.

15 Minuten später, stehen wir vor ungefähr 30 Mitgliedern, die darauf warten unserem Prospect bei seinem ersten Mord zuzusehen.

»Aaron, echt jetzt? Ich kann doch nicht einfach einen unschuldigen töten.«

Ich nicke Gail, meiner rechten Hand, zu, er öffnet den Wagen hinter sich und führt eine zerbrechliche Blondine in unsere Mitte.

»Sieh genau hin, Jake! Sieht sie für dich aus, als wäre er unschuldig? Lilly, darf ich?«

Am ganzen Körper zitternd, nickt sie mir zu.

Ich schiebe ihr Oberteil nach oben, wieder läuft es mir eiskalt den Rücken runter.

Ihr Oberkörper ist voller Bisswunden und Schnitte.

Keiner außer uns darf unsere Nutten so zurichten, wir haben wenigstens ihr Einverständnis.

»Was sagst du Jake? Sieht sie für dich normal aus?«

Ich hoffe, der fängt jetzt nicht an zu kotzen.

Ich habe ihm schon dabei zugesehen, wie er seine Verlobte geschlagen hat, dann sollte es doch kein Thema für ihn sein jemanden von seinem Kaliber zu verprügeln. Oder gar zu töten, denn eins ist sicher, wenn er erfährt das Freya uns betrogen hat, wird er sie töten wollen.

Es schafft es nicht, war mir klar!

»Aaron, ich werde diesen Typen nicht erschießen, vergiss es! Du hast gesagt ich bin für den Vertrieb der Drogen und Waffen verantwortlich, nicht um jemanden zu töten!«

Verdammter Pisser! Ich reiße ihm die Waffe aus der Hand, schlage dem Vergewaltiger, der bereits blutüberströmt vor mir sitzt, gegen die Schläfe.

Sofort fällt er um wie ein nasser Sack.

»Denkst du, wenn du Drogen und Waffen vertreibst, wird dir dort keiner unserer Feinde unter die Augen kommen? Das ist kein verdammter Bürojob, Jake! Wir sind die Straße, dass weißt du genau! Wir sind kriminell, du willst Geld, um deine Kleine zu schützen, dann tu verdammt nochmal was dafür! Oder willst du sie in Zukunft auch vor mir schützen müssen?«

Als hätte ich mit meinen Worten einen Schalter umgelegt, schnappt er sich eines der Messer, die auf dem Tisch neben ihm liegen und schneidet dem Dealer das Hemd auf.

Gespannt auf die Vorstellung, haben alle ihre Gespräche eingestellt. Jake sieht zu Lilly und schneidet auf dem Oberkörper ihres Peinigers jede Wunde, jedes Hämatom nach.

Ach, sieh mal einer an, dann steckt wohl doch ein Monster in ihm, vor allem wenn man die Frau bedroht, die er liebt.

Interessant. Das könnte wirklich lustig werden.

Kapitel 11

Endlich! Du hast zugestimmt, du gehörst endlich mir! Niemals hätte ich nach dem Tod von Kayla und meiner Mutter damit gerechnet dieses unbeschreibliche Gefühl zu spüren.

Glück, Freude, Vollkommenheit.

Du lässt mich das alles fühlen, kleiner Engel. Nur du allein!

Ungern lasse ich dich hier alleine zurück, doch auch ich muss mein Geld verdienen. Ich fahre auf direktem Weg zu einem Industriegelände.

Mein Kontaktmann teilte mir mit, dass sich dort alle Bastards aufhalten sollen.

Wenn ich 7 von ihnen umlege, macht das für mich um die 2000 Pfund pro Kopf.

Schnelles Geld, wenn man bedenkt, dass ich damit der Welt einen Gefallen tue.

Kaum betrete ich das Gelände, sehe ich schon die ganzen Bikes und, wer hätte das gedacht, Jakes Wagen.

Ich verstecke mich hinter einem der Container.

Was sich hier vor meinen Augen abspielt, ist alles andere als schön, es ist verdammt nochmal bestialisch!

Jake ist dabei, wie ein Wahnsinniger, einem Mann den Brustkorb aufzuschlitzen. Er und die Leute, die in seiner Nähe stehen, sind bereits voller Blut. Wenn er so weiter macht, ist der Typ bald blutleer.

»PROSPECT! ES REICHT!«

Aaron tritt hervor und klopft Jake auf die Schulter.

»Du hast bewiesen, dass du Unserer würdig bist. Das war eine deiner Prüfungen und du hast sie mit Bravour bestanden. Hier, fang.«

Er wirft dem kreidebleichen Jake einen Schlüssel zu und zeigt in die Richtung eines neuen Motorrades.

»Deinen Wagen kannst du in Zukunft zuhause lassen. Gail wird dein Auto nach Hause fahren, dann treffen wir uns im Clubhaus.«

Dein Verlobter schwingt seinen zittrigen Arsch auf die Maschine und fährt als erster davon.

»Gott, was ist das für ein Lappen, ich kann es kaum erwarten mir zu nehmen, was ich will. Dann könnt ihr mit ihm machen, was ihr wollt. Los, wir haben viel zu tun.«

Das ist die perfekte Gelegenheit. Ich schraube meinen Schalldämpfer auf und schieße. Einer nach dem anderen fällt tot von seiner Maschine.

»VERTEILT EUCH! BRINGT MIR DEN ATTEN-TÄTER!«

Aaron ist außer sich vor Wut, dass gefällt mir.

Nur schade, dass keiner dieser Idioten mich finden wird, denn kaum hat er seine Hunde losgeschickt, fahre ich schon mit quietschenden Reifen davon.

Eine halbe Stunde später, komme ich endlich in meinem Penthouse an.

Eigentlich bin ich nicht der Typ, der mit seinem Geld prahlt, doch nach einer Kindheit in der Gosse, war meine erste Investition diese Wohnung.

Von hier aus habe ich einen Blick über London, egal in welchem Zimmer ich mich befinde.

Ich habe lange gebraucht, um das mein Zuhause zu nennen, doch endlich bin ich angekommen.

Fehlst nur noch du, kleiner Engel.

Du machst alles komplett.

Doch ich darf mich nicht zu sehr ablenken lassen, ich bin immer noch ein Auftragskiller.

Schnell verschwinde ich im Badezimmer, steige aus meinen Klamotten und stelle mich unter die Dusche.

Von hier aus habe ich einen perfekten Blick auf das Bild von dir über meinem Bett.

Es ist eines meiner Lieblingsbilder.

Es zeigt dich, mit einem Buch in der Hand, nur in einem Bademantel bekleidet.

Ich war so frei dieses Foto aufzunehmen, als du dachtest, ich würde dich in Ruhe lassen.

Dein Anblick macht mich sofort hart.

Mit der einen Hand an die Fliesen gestützt und der anderen um meinen harten Schwanz, hole ich mir wie so oft einen runter, während ich dich dabei ansehe.

Gott, wie gern würde ich dich vor mir knien sehen, meinen Schwanz tief in deinem Rachen, deine würgenden Geräusche, deine nasse Pussy, die nur so nach mir schreit.

»FUCK!«

Noch nie bin ich so schnell durch meine eigene Hand gekommen.

Du verschaffst mir immer wieder Premieren, kleiner Engel.

Der schrille Ton meines Handys reißt mich aus dem Orgasmus. Ich beseitige schnell die Spuren meines Saftes und steige aus der Dusche.

Ich greife nach meiner Hose und hole mein Handy heraus. Wie ich gehofft habe, ist es eine Nachricht von dir.

Freya:

Hey! Ich kann den Laden heute eine Stunde früher schließen.

Du hast es wirklich schnell gelernt, kleiner Engel.

Bereits jetzt kannst du es kaum erwarten mich wieder zu sehen.

Mein Ziel habe ich dennoch nicht ganz erreicht.

Du sollst mich lieben, Freya, süchtig nach mir sein, genauso besessen von mir, wie ich von dir.

Nicht mehr lange, dann bist du der einzige Engel in meiner ganz persönlichen Hölle.

Die Frage ist nur, werden wir es überleben, oder werden uns die Flammen zu Asche zerfallen lassen?

Wirst du es schaffen, mich ins Licht zu führen oder ziehe ich dich endgültig mit in den dunklen Abgrund?

. . . .

Freya

Ich kann es kaum erwarten, endlich Feierabend zu machen.

Erst der Besuch von Aaron und Jake, dann der Sex mit Killian und obendrauf die vielen Kunden, dass alles hat mich heute fertig gemacht.

Ich werde es nie verstehen. Immer wenn ich kaum bei der Sache bin, stürmen die Leute den Laden, als wäre es der letzte Tag vor dem Ende der Welt.

Irgendwann war ich so überfordert, dass ich

Molly, die Inhaberin, die immer durch Abwesenheit glänzt, angerufen habe und mir ihr okay geben ließ, früher zu schließen. Sofort habe ich Killian Bescheid gegeben, denn noch eine Begegnung mit Aaron halte, ich nicht aus, ohne ihn umbringen zu wollen.

Ich mache mich gerade auf den Weg, die Tür zu schließen, als mein Handy klingelt.

Ich drehe schnell den Schlüssel im Schloss, umrunde die Theke und könnte mich nicht weniger freu-en, als ich Jakes Namen auf dem Bildschirm sehe.

Zögerlich nehme ich den Anruf an.

»Hallo?«

»Hey Baby, danke das du vorhin mitgespielt hast. Ich hab sowas von keine Ahnung was das sollte, bin mir aber sicher, dass wird sich nicht wiederholen.«

Wenn der nur wüsste, was ich weiß.

»Ja das würde mich auch interessieren. Jake, wieso gibst du dich mit ihm ab? Was hast du mit ihnen zu tun?«

Aus dem Augenwinkel kann ich Killian vor der Tür erkennen. Schnell gehe ich zur Tür und schließe sie wieder auf.

Ich lasse ihn herein und deute mit dem Finger auf dem Mund, dass er still sein soll.

Ich stelle den Anruf auf Lautsprecher und warte gespannt auf Jakes Antwort.

»Baby, ich habe es dir doch gesagt. Ich mache das alles für dich. Deine Sicherheit ist das Wichtigste für mich. Ich brauche die Jungs dazu, ohne sie schaffe ich es nicht.«

Ah, der redet doch Scheiße!

»Was habe ich damit zu tun? Vor was willst du mich beschützen, dass ergibt doch alles keinen Sinn, Jake!«

Erschöpft von den ganzen Lügen, lehne ich meinen Kopf an Killians Brust und lasse mir von ihm den Arm streicheln.

»Fuck, Baby! Vor der Wahrheit, okay, du sollst vor der Wahrheit geschützt werden!

Wenn jemand wüsste, was ich weiß, würden sich alle um dich reißen!«

»Was redest du denn da? Ich bin eine stinknormale 20-jährige, die in einem Buchladen arbeitet! Nicht mehr und nicht weniger!«

Meine Stimme wird immer lauter, doch es ist mir egal, ich habe keine Lust mehr auf diese Lügen!

»Nur weil du auf den falschen Weg abgebogen bist, musst du mich nicht als Vorwand dafür nehmen!«

»Du hast keine Ahnung, Freya, nicht einen Funken, also lass mich das tun, was ich tun muss, um meine Verlobte zu schützen. Ich muss wieder rein, es wird spät. Ich liebe dich.«

Bevor ich dazu komme etwas zu erwidern, beendet Killian den Anruf.

»Ich habe gesagt, dass ich dir Zeit gebe, jedoch nicht, dass ich dabei zuhören muss, wie du seine Liebe erwiderst. Kannst du dir wirklich nicht vorstellen, was er damit meinen könnte?«

Genervt schüttle ich den Kopf.

»Nein, ich habe wirklich nicht die leiseste Ahnung. Ich habe ein Telefonat zwischen ihm und seinem Vater belauscht, da hat er irgendwas von einer Menge Geld geredet, welches er auftreiben will, damit sein Vater mich in Ruhe lässt. Dann war mein Vater auch irgendwie seltsam. Er hat im Schlaf gesprochen und von irgendeiner Esperanza geredet, die er schützen muss. Das alles macht mich wahnsinnig! Bitte, Killian, lass uns einfach etwas essen gehen.«

Er nickt und hilft mir bei der Abrechnung.

Er ist verdammt gut, was Zahlen angeht. Ich habe extra alles nochmal mit dem Taschenrechner nachgerechnet, doch nicht ein Ergebnis war falsch.

Habe ich schon mal erwähnt, dass er perfekt ist?

Wir verlassen den Laden, gehen an diesem vorbei und laufen in eine dunkle Gasse, in der er seinen Wagen geparkt hat.

»Du weißt wirklich, wie man unentdeckt bleibt, oder?«

Er grinst, schweigt aber, öffnet mir die Tür und steigt selber ein.

Eine gute halbe Stunde später kommen wir vor einem riesigen Gebäude an.

Wir sind auf jeden Fall nicht mehr in der Square

Mile. In diesem Teil der Stadt war ich zuvor noch nie.

Soweit das Auge reicht, findet man hier nur hochmoderne Gebäude.

Hier wohnen also die super, super Reichen und ich dachte da wohnen Jake und ich schon.

»Wo sind wir hier, Killian?«

»Docklands, kleiner Engel. Komm, lass uns nach oben gehen, du musst was essen.«

Staunend folge ich ihm in den riesigen Gebäudekomplex.

Das ist wie in Filmen!

»Bist du irgendein Präsident oder so? Hier gibt es eine Rezeption! Einen Portier! Heilige Scheiße, ich komme mir vor wie ein Promi!«

Ich kann meine Begeisterung kaum verbergen.

Ich habe allen möglichen Luxus gesehen, durch Jake und seine Familie, doch das hier ist einige Etagen über ihnen.

»Na los komm, es gibt noch mehr zu sehen.«

Belustigt über mein Staunen, zieht er mich zum Fahrstuhl und öffnet diesen mit einer Chipkarte.

»Du bist wirklich ein Präsident.«

Schmunzelnd drückt er den Knopf der obersten Etage. Während der Fahrt nach oben kuschle ich mich an ihn und genieße seine Wärme.

Es ist alles so anders als mit Jake, ich würde mich am liebsten in Killian verkriechen, um ihm noch näher zu sein.

»Es ist ganz schön ungewohnt, dass du meine Nähe suchst. Ich bin es gewohnt, dass du mich von dir stößt. Ich muss sagen, so gefällt es mir besser.«

Ein Ping ertönt und ich löse mich von ihm.

Ich drehe mich in die Richtung der offenen Tür und weiß sofort, ich bin im Himmel!

Staunend verlasse ich den Fahrstuhl.

Ich stehe inmitten eines offenen Wohnzimmers, von dem aus man einen perfekten Blick über die Themse und die halbe Stadt hat.

»Wow, es ist wunderschön hier.«

Die helle Einrichtung ist das komplette Gegenteil von dem, was man von so einem düsteren Typen wie Killian erwartet.

Natürlich habe ich nicht mit einer Gruft ohne Fenster und einem Sarg gerechnet, jedoch auch nicht mit Weiß- und Beigetönen.

»Setz dich, kleiner Engel, ich mach dir was zu essen.«

Ich mache es mir auf der großen Couch bequem und schaue Killian dabei zu, wie er sich in der offenen Küche ans Werk macht.

Immer wieder erwischt er mich dabei, wie ich ihn bei seinem Tun beobachte, weswegen ich aufstehe und mich etwas umsehe. Er würde mich sicher aufhalten, wenn er etwas dagegen hätte. Ich laufe durch das große Wohnzimmer, betrachte jeden Millimeter der wunderschönen Aussicht und komme am Esstisch zum Stehen. Viele verschiedene Unterlagen liegen hier ausgebreitet, die einen sehen aus wie Stadtkarten, die anderen wie Steckbriefe.

Oh nein, ich glaube, ich habe seine Arbeitsmaterialien gefunden.

Ich nehme mir das Recht heraus und schaue mir einige der Blätter genauer an.

Eine Akte erregt besonders meine Aufmerksamkeit.

Andrew Summers, steht dort in dicken schwarzen Buchstaben geschrieben.

»Killian! Wieso zum Teufel liegt eine Akte über meinen Vater, bei denen deiner Opfer?!«

Locker kommt er auf mich zu, zieht einen Stuhl zurück, setzt sich und zieht mich auf seinen Schoß.

Egal wie sehr ich mich gegen ihn wehre, er lässt nicht locker.

»Bleib ruhig, kleiner Engel. Ich kann dir das erklären, es ist nicht so wie du denkst, wirklich.«

»Wie soll ich dir das glauben? Wenn mein Vater inmitten von Pädophilen und Frauenschlagenden Wichsern liegt?«

Er dreht mich auf seinem Schoß so, dass ich ihm in die Augen schauen kann.

»Als ich über dich keinerlei Informationen finden konnte, dachte ich, ich finde etwas über deinen Vater, doch genau wie bei dir, gibt es nichts. Nur deswegen liegt seine Akte bei den anderen. Ich schwöre es.«

Wie immer glaube ich ihm jedes Wort.

»Wie kann das alles sein? Wieso gibt es über uns nichts zu finden, ich meine, wer sind wir?«

Killian nimmt mein Gesicht in beide Hände und lehnt seine Stirn gegen meine.

»Das werden wir herausfinden, kleiner Engel, versprochen. Aber jetzt muss ich weiter kochen.«

Er drückt mir einen kurzen Kuss auf die Lippen und macht sich wieder daran das Essen fertig zu machen.

Da er nichts dagegen gesagt hat, schaue ich mir die restlichen Akten an, als plötzlich der Fernseher angeht.

Vor Schreck, verlässt ein Schrei meine Kehle.

»BEI DIR SPUKT ES!«

Killian bricht in schallendes Gelächter aus, welches jedoch von der Stimme der Nachrichtensprecherin unterbrochen wird und er die Lautstärke weiter aufdreht.

»Eilmeldung! Wieder einmal wurde in einem abgelegenen Industriegebiet eine Leiche gefunden.

Das Gelände befindet sich in unmittelbarer Nähe des Clubhauses des Motorradclubs, der Death Bastards. Wie immer wurden Beweise hinterlassen, welche darauf hindeuten, dass sie wieder einen neuen Rekruten aufgenommen haben. Halten sie sich bitte von ihnen fern! Die Polizei tut, was sie kann, schafft es jedoch nicht ihnen das Handwerk zu legen.

Jetzt geht es zum Sport.

Dann erwartet uns ein Exklusivinterview mit

Königin Cayetana aus Spanien.«

»Das mit der Leiche, das war Jake. Ich habe es gesehen.«

Mir wird übel, ist das wirklich wahr? Würde er wirklich so etwas schreckliches tun?

Ja, würde er.

»Was ist bloß aus ihm geworden?«

Spreche ich meine Gedanken laut aus, als Killian mit einem vollen Teller wunderbar riechender Pasta zu mir an den Tisch kommt.

»Was auch immer dahintersteckt, er musste es tun, um seinem Platz im MC näher zu kommen. Ich werde herausfinden, was dass alles zu bedeuten hat, versprochen.«

Eigentlich sollte mir der Appetit vergangen sein, doch als ich diese Nudeln sehe, läuft mir das Wasser im Mund zusammen.

Italienische Penne mit gegrillten Auberginen und Tomaten.

»Killian, das riecht unglaublich, wenn es auch genauso schmeckt, wirst du mich nicht mehr los.«

Ich nehme den ersten Bissen und schwöre, noch nie etwas Besseres geschmeckt zu haben.

Mit einem neugierigen Blick sitzt er mir gegenüber und wartet auf meine Reaktion.

»Es ist so lecker! Gibt es etwas, das du nicht kannst?«

»Ja, ich kann dich nicht länger teilen, kleiner Engel. Dich hier zu sehen, mit mir an einem Tisch, in meinem Zuhause, zeigt mir was mir die ganzen Jahre, in denen ich hier wohne, gefehlt hat.«

Wow, also das kam jetzt überraschend.

»Mir ist das alles zu heikel, Freya. Dein Vater, als auch Jake benehmen sich wie irre, wenn es um dich geht. Versteh mich nicht falsch, ich werde genauso alles tun, um dich zu schützen, jedoch geht es bei denen um etwas anderes. Sie verheimlichen etwas und ich glaube, dass es etwas ist, was du wissen solltest. Ich werde dich unterstützen, wo ich nur kann, jedoch geht das nicht so einfach, wenn du die Frau eines anderen werden sollst.«

In meinem Kopf habe ich schon den perfekten Plan, wie und wann ich Jake verlasse, doch das sage ich ihm nicht, es soll eine Überraschung sein.

»Du hast gesagt, du gibst mir Zeit, bitte halte dich daran.«

Seufzend lehnt er sich auf dem Stuhl zurück und starrt ins Leere, bis der geisterhafte Fernseher wieder von allein anspringt.

»Morgen ist es 21 Jahre her, dass die Prinzessin von Spanien, entführt wurde. Wieder ein Jahr in dem ein ganzes Land jemanden feiert, ohne zu wissen, ob diejenige noch lebt. Was sagen sie, eure Hoheit, denken sie ihre Tochter wird jemals den Weg nach Hause finden?«

»Ich bin mir sicher, wäre sie nicht mehr am Leben, würde ich das spüren. Ich weiß, dass Esperanza irgendwo da draußen ist, sie wird irgendwann herausfinden wer sie ist und sie wird zu uns zurückkommen.«

Mir bleibt das Essen im Hals stecken, dass kann beim besten Willen nicht wahr sein!

»Wir haben mit Hilfe des Geheimdienstes und ihrer Software, ein ungefähres Bild unserer Tochter erstellen können. Mein Mann, der König von Spanien und ich, bitten euch Bürger, wo auch immer das gerade ausgestrahlt wird, wenn sie unsere Tochter sehen, melden sie sich unter der eingeblendeten Nummer.«

Das Bild, welches eingeblendet wird, lässt mein Herz stillstehen.

Killian muss dasselbe denken, denn er lässt seine volle Gabel auf den Tisch fallen.

Das Bild ist nur für einige Sekunden zu sehen, denn plötzlich wird der Empfang des Nachrichtensenders unterbrochen und das Bild wird schwarz.

»Bitte sag mir das ich mir das gerade alles eingebildet habe! Bitte, Killian sag mir das, dass nicht ich war!«

Er sieht mich mit einem derart seltsamen Gesichtsausdruck an, dass auch wenn ich ihn nicht genau deuten kann, mein Herz bricht.

Damit will er nichts zu tun haben, bei Gott, ich kann es ihm nicht verübeln. Ich muss dringend mit meinem Vater sprechen, vielleicht ist das alles nur ein Missverständnis.

Da Killian immer noch nichts sagt, beschließe ich

zu gehen. Ich habe hier nichts mehr zu suchen.

Ich schiebe meinen Stuhl zurück und laufe wortlos an ihm vorbei, während mir Tränen in den Augen brennen, die kurz davor sind sich einen Weg in die Freiheit zu bahnen.

»Wo willst du hin?«

Seine Stimme ist so dunkel wie die Nacht und so hart wie Beton. So habe ich ihn noch nie zuvor gehört. Ist das jetzt der Moment, an dem er vom Lieben zum bösen Stalker wird?

Die Angst befällt mich immer mehr, als ich ihn direkt hinter mir spüre. Ich traue mich kaum ihn anzusehen, doch er lässt mir nichts anderes übrig, als er mich an der Schulter packt, mich zu sich dreht und mein Kinn so anhebt, dass ich nicht anders kann, als ihm in die Augen zu sehen.

»Ich habe dich gefragt, wo du hin willst.«

So kenne ich ihn gar nicht, er ist vollkommen verändert. Kalt und distanziert.

Niemals hätte ich gedacht, dass es mich so verletzen würde, wenn er sich mir gegenüber so verhält.

Ich kann meine Tränen nicht länger zurückhalten, stumm fließen sie mir über die Wangen und tropfen auf meinen Pullover.

»Ich… ich würde… gerne…«

Ein Schluchzen dringt aus meiner Kehle, ich fühle es ganz deutlich, ich stehe kurz vor einer Panikattacke. Er scheint es auch zu sehen, denn plötzlich ändert sich alles an ihm. Seine Haltung, sein Blick, selbst seine Atmung wird ruhiger.

»Ganz ruhig, ich bin ja da, kleiner Engel.«

»Wieso… wieso warst du gerade so seltsam?«

Der Satz kommt mir nur stotternd über die Lippen.

Der Ausdruck seiner Augen wird immer weicher. Vielleicht habe ich mir diese Abneigung in meine Richtung nur eingebildet.

»Hattest du wirklich Angst vor mir? Gott, das war nicht meine Absicht, ich habe nur nachgedacht, Freya, ich schwöre es.«

Ich schlinge automatisch meine Arme um ihn und lege meinen Kopf an seine Brust. Von der angehenden Panikattacke ist nichts mehr zu spüren.

Er ist es. Er ist die richtige Entscheidung!

Jetzt weiß ich es ganz sicher.

»Für einen kurzen Moment dachte ich, dir wird das Theater mit mir zu viel und dass du mich nicht mehr willst.«

Wortlos führt er mich einen Flur entlang, ohne die Umarmung zu unterbrechen.

Wir kommen in einem Raum an, als er mich von sich drückt und umdreht.

Ich traue meinen Augen nicht.

Ich stehe in seinem Schlafzimmer. Auch hier ist die Einrichtung sehr hell, genau wie im Rest der Wohnung, den ich bisher gesehen habe. Doch was die meiste Aufmerksamkeit auf sich zieht, ist ein Bild, das über seinem Bett hängt.

Darauf bin ich, wie ich in meinem Schlafzimmer auf dem Boden sitze und ein Buch lese.

Sofort fühle ich mich geliebt, sogar noch mehr als von Jake, er muss es nicht mal aussprechen.

Andere würden denken ihre Privatsphäre wäre verletzt worden, ich jedoch sehe die Taten eines Mannes, der etwas bei sich haben wollte, was er nicht konnte.

»Oh mein Gott! Es ist wunderschön!«

»Du bist nicht sauer?«

Verwirrt sehe ich ihn an, auch wenn ich es vielleicht sein sollte, bin ich es nicht, eher bin ich glücklich.

Er will mich, und das wirklich.

»Nein, auch wenn es schräg ist, liebe ich es.«

»Das sollte dir nur vor Augen führen, wer du für mich bist. Mir ist egal ob du nur ein stinknormales Mädchen von nebenan oder eine verdammte Prinzessin bist. Ich will dich, egal woher du kommst und welches Blut in deinen Adern fließt. Nichts und niemand kann das ändern, mein kleiner Engel…«

Ich will nichts mehr hören, egal wie verrückt das alles ist, mein ganzes Leben oder die Sache mit mir und Killian.

Ich habe mich noch nie geliebter gefühlt, als jetzt gerade in diesem Moment.

»An Silvester wird alles enden. Wir gehen weg, wo auch immer du hin willst. Doch davor sollten die Tagebücher meiner Mutter in Sicherheit gebracht werden. Falls es wirklich so ist und ich die Throner-bin Spaniens bin, will ich nicht, dass Jake etwas davon erfährt. Und falls er es vermutet, will ich nicht, dass es ihm bestätigt wird...«

»Ich bringe dich nach Hause und nehme die Bücher mit zu mir. Ich zieh mir schnell was anderes an.«

Er wirft seinen Geldbeutel, seinen Schlüssel und sein Handy aufs Bett und verschwindet in seinem begehbaren Kleiderschrank.

Gerade als ich mich noch etwas umsehen will, klingelt sein Handy.

»Kannst du den Anruf annehmen und auf Lautsprecher stellen?«

Ich befolge seine Bitte und stelle den Lautsprecher an, während ich mich ihm nähere.

»Ja hallo, was gibt es?«, sagt er, während er seinen schwarzen Pullover gegen einen grauen tauscht.

»Hallöchen, ich brauche dich! Deine muskulösen, starken Arme könnten mir gerade nicht gelegener kommen.«

Bitte was? Ein seltsames Gefühl breitet sich in mir aus, ich bin zutiefst verletzt, eifersüchtig und sauer, nachdem ich die weibliche Stimme am anderen Ende der Leitung wahrnehme.

Killian dreht sich um, greift nach dem Handy und starrt es völlig verwirrt an.

»Was zum…? Zwergi, ist alles okay? Wo bist du?«

Sein Gesicht ist voller Sorge. Diese Frau scheint ihm etwas zu bedeuten, sehr viel sogar.

»Killi-Bär, wir stecken ein wenig in der Tinte. Wir haben einen Auftrag angenommen, in der Nähe von New York und wurden, naja wie soll ich es am besten sagen…«

»Wir wurden gefangen genommen, okay, kannst du uns bitte rausholen«, ertönt eine andere weibliche Stimme.

Killi-Bär? Es sind seine Cousinen!

»Wieso müsst ihr immer so ein schlechtes Timing haben? Ich kann hier nicht weg, hier ist jemand der mich braucht.«

Stille…

Gelächter…

»Quatsch nicht so einen Müll! Killian, der Killer, würde sich niemals eine Frau ins Leben holen, die ihm etwas bedeutet. Also wann kommst du?«

Glücksgefühle breiten sich in meinem Körper aus, ich scheine wirklich etwas Besonderes zu sein.

Auch wenn ich nicht weiß, wie er es finden wird, melde ich mich zu Wort.

»Geh, ich weiß, wie sehr du die beiden liebst. Ich werde auf mich aufpassen, versprochen. Außerdem feiere ich morgen bei meinem Vater meinen Geburtstag. Dort bin ich sicher.«

Wieder breitet sich Stille bei den Zwillingen aus.

»Ich werde bestimmt nicht deinen Geburtstag verpassen, mein Engel. Die zwei Killermaschinen schaffen das schon.«

»Gott, er hat wirklich eine Frau, shit! Das sollten

173

wir feiern. Ah stimmt, geht ja nicht, da wir in einem Keller von Menschenhändlern gefangen sind!«

Er verdreht die Augen und fährt sich durch die Mitternacht schwarzen Haare.

»Ich könnte euch nicht mehr hassen als in diesem Moment. Wenn meinem Mädchen etwas passiert, lasse ich euch dort, wo ihr seid! Ich komme, schickt mir euren Standort, ihr Dummköpfe!«

Ohne ein weiteres Wort beenden sie das Gespräch.

»Bist du sicher, dass ich gehen kann?«

Ich nicke überzeugend und kuschle mich an ihn, als es diesmal mein Handy ist, welches zu klingeln beginnt. Ich ziehe es aus meiner Gesäßtasche und sehe, dass er es ist.

Jake. Fuck!

»Hallo?«

»Baby, ich bin auf dem Weg zu dir. Soll ich davor noch etwas zu essen besorgen? Dann können wir endlich nach Hause, der Tag war die Hölle.«

Nein, nein, nein!

Ich werde panisch. Killian legt beruhigend die Hände auf meine Schulter und drückt die Stummtaste.

»Sag ihm das du früher gegangen bist und auf dem Weg nach Hause bist, er soll dort auf dich warten.«

»Freya? Bist du noch dran?«

»Ja, der Empfang ist etwas schlecht, ich bin früher

174

gegangen und habe beschlossen, etwas durch die Stadt zu spazieren. Warte zuhause auf mich, Schatz.«

»Alles klar.«

Er beendet den Anruf. Das bedeutet nichts Gutes, doch das werde ich Killian nicht sagen. Ich will nicht, dass er sich von mir ablenken lässt, statt seine Cousinen zu befreien.

»Lass uns gehen, kleiner Engel.«

Er nimmt meine Hand und führt mich zum Fahrstuhl. Ein mulmiges Gefühl breitet sich in meinem Magen aus. Das wird kein schöner Abend, da bin ich mir sicher.

Kapitel 12

Wir verbringen die Fahrt schweigend, denn wir wissen beide was noch alles auf uns zukommt. Ich tue so, als würde ich die wunderschönen weihnachtlichen Lichter bewundern.

Ich habe so viele Fragen, doch keiner wird mir die Antworten dafür geben.

Tausend Szenarien spielen sich vor meinem inneren Auge ab, wie ich versuchen könnte meinem Vater die Wahrheit zu entlocken, jedoch weiß ich schon fast sicher, dass er nicht reden wird. Nicht einmal die Tatsache, dass morgen mein Geburtstag und gleichzeitig Heiligabend ist, werden ihn um sein Schweigen bringen.

Wir halten an einer roten Ampel, als Killian nach meiner Hand greift. Ich hoffe er merkt nicht, wie sehr ich die Angst, die in mir schlummert zu unterdrücken versuche.

»Ich versuche so schnell wie möglich wieder bei dir zu sein. Bitte sprich mit niemandem über das, was wir herausgefunden zu haben scheinen, mein Engel.«

Ich verschränke unsere Finger miteinander und streichle mit dem Daumen über seinen Handrücken.

»Konzentrier dich auf die Rettung deiner Cousinen, ich komme klar. Versprochen.«

Er nickt und biegt in die Straße meines Zuhauses ein.

Immer präsenter wird die Panik in mir.

Ich ahne nichts Gutes, will jedoch Killian nicht ablenken.

Seine Familie braucht ihn!

Er parkt seinen Wagen etwas weiter weg, sodass er von Jake niemals gesehen werden könnte.

»Wenn irgendwas sein sollte und du mich nicht erreichen kannst, geh ins Penthouse.«

Ich habe das dumme Gefühl, ich verliebe mich in ihn. Wie kann er nur immer so zuvorkommend sein, wenn er nicht gerade der dominante Wichser ist, der sich mir aufzwängt, nur um mir zu beweisen, dass ich ihn will.

»Nimm diese Karte, ich kann mir am Eingang eine neue geben lassen. Ich sage dem Portier Bescheid für den Fall der Fälle. Gib mir dein Handy, ich speichere dir die Adresse.«

Überwältigt von seiner Geste, schlinge ich meine Arme um seinen Nacken.

»Danke! Danke für alles, Killian.«

»Ich tue alles für dich, kleiner Engel. Auf ewig.«

»Ewig, ist eine lange Zeit, Killian.«

»Ich weiß und dennoch nicht genug«, er nimmt

mein Gesicht in die Hände, kommt immer näher und überbrückt den letzten Abstand zwischen uns, mit einem Kuss, der mehr sagt als tausend Worte es könnten.

Nur mühsam schaffe ich es, schweren Herzens den Kuss zu unterbrechen und steige wortlos aus, bevor ich mich umentscheide, sofort bei ihm bleibe und alles zurücklasse.

Als ich an der Haustür ankomme, beginne ich wie verrückt zu zittern. Gott weiß was gleich passieren wird.

Leise öffne ich die Tür, in der Hoffnung, dass er vielleicht schläft, weil ihm der Tag zu viel wurde, doch er sitzt am gedeckten Esstisch.

Nur ein Blick in seine Richtung reicht und ich weiß, dass er gleich ausrasten wird.

Er hat die Arme auf dem Tisch abgestützt und zeigt mit einer Hand auf den Stuhl ihm gegenüber.

»Setz dich, das Essen wird kalt.«

Das ist alles andere als eine nette Geste. Um ihn nicht zu verärgern, mache ich was er verlangt.

»Ich war beim Inder und habe dir dein Lieblings-currygericht geholt. Weiß er denn, was du am liebs-ten isst?«

Mit Müh und Not versuche ich zu verbergen das ich mich erwischt fühle.

»Wer weiß was, Jake?«

Er schlägt seine Faust mit voller Kraft auf den Tisch.

»VERKAUF MICH NICHT FÜR DUMM, FREYA! DENKST DU ICH MERKE NICHT DAS DU FÜR JEMAND ANDEREN DIE BEINE BREIT MACHST? WER IST ES? SAG MIR WER!«

Angst. Pure Angst fließt durch meinen Körper. Seine blutunterlaufenen Augen schießen Pfeile in meine Richtung. Erst jetzt fällt mir auf, dass er total zugedröhnt ist.

»Jake, du bist vollkommen neben der Spur! Ich hatte früher Schluss und wollte einfach etwas Normalität. Ich bin durch die Stadt gelaufen, du weißt doch wie sehr ich Weihnachten liebe. Und da wir nicht geschmückt haben, wollte ich mir ein bisschen die Dekorationen anschauen.«

Ich setze das beste gespielte Lächeln auf, welches ich hervorbringen kann, aber es scheint nicht zu wirken.

»HÖR AUF! HÖR ENDLICH AUF! GOTT!!«

Wutentbrannt steht er auf, schnappt sich eine Flasche Whiskey aus der Vitrine, öffnet diese, trinkt einen Schluck und wirft sie an meinem Kopf vorbei gegen die Wand.

Er hat mich nur um ein paar Millimeter verfehlt. Das endet nicht gut, auf keinen Fall.

War er wirklich schon immer so? Wie konnte ich das nie sehen? Oder wollte ich es nicht erkennen?

Schnell stehe ich auf, bewege mich rückwärts immer weiter zur Eingangstür, jedoch ohne Erfolg. Jake kommt auf mich zu gestürmt, vergräbt eine Hand in meinen Haaren und zieht mich grob zu sich. Ich stehe so dicht vor ihm, dass ich den bittersüßen Duft nach Alkohol und Marihuana deutlich riechen kann. Galle steigt mir die Speiseröhre hinauf. Ich hasse Alkohol, sowohl den Geschmack als auch den Geruch. Sein Griff in meinen Haaren wird immer fester.

»Jake, bitte lass mich los, du tust mir weh.«

Anstatt zu tun um was ich ihn bitte, zieht sich die Faust in meinen Haaren nur noch kräftiger zusammen. Noch ein bisschen stärker und er reißt mir ein Büschel Haare aus.

»Ich tu dir weh? Ich? Ich habe mir eine Menge Ärger aufgehalst, nur um einen schönen Abend mit meiner Verlobten zu verbringen, obwohl diese es nicht einmal für nötig hält mir zu schreiben, dass sie früher Feierabend macht! Wer ist es, Freya, etwa der Professor? WER IST ES? SAG ES MIR!«

Bevor ich es schaffe ihm zu antworten, fliegt mir seine freie Hand mit voller Wucht ins Gesicht.

Er hat es wieder getan. Er hat mich geschlagen, obwohl er versprochen hat es nie wieder zu tun!

Ich schubse ihn mit voller Kraft und er taumelt zurück.

Ein brennender Schmerz zieht sich über meine gesamte Kopfhaut, genau wie durch meine Nase.

Ein Blick in den Spiegel, der an der Wand im Flur hängt, zeigt mir das ich stark aus der Nase blute.

»Ich... Du... Jake, du hast es versprochen.«

Weinend versuche ich die Treppen nach oben zu

rennen, doch wieder packt er mich an den Haaren und zieht mich zurück.

»DU HAST VERSPROCHEN NIEMALS EINEN ANDEREN AUSSER MICH AN DICH RAN ZU LASSEN! WO WARST DU WIRKLICH, FREYA? WO«

Der Schmerz in meinem Kopf ist kaum auszuhalten. Ich versuche wild gegen ihn zu kämpfen, doch das macht es nicht erträglicher.

»Bitte, Jake. Bitte lass mich los, es tut so weh!«

Ich kann gar nicht aufhören zu schluchzen. Ich hätte gehen sollen, keine Rücksicht auf ihn nehmen und einfach bei Killian bleiben sollen.

Wie konnte ich nur so dumm sein?

Wie konnte er mir das antun?

Noch nie habe ich so eine Angst empfunden.

Auch wenn ich weiß, dass ich wahrscheinlich keinen Ton rausbekomme, muss ich versuchen mit ihm zu reden, er wird mich sonst umbringen. Ich atme tief ein und nehme all meinen Mut zusammen.

»Jake, bitte glaub mir, ich habe mir nur die schönen Lichter angesehen, mehr nicht. Als du mich angerufen hast, war ich schon auf dem Weg hierher. Ich habe nichts mit einem anderen Mann! Ich würde dir niemals so wehtun wie du mir gerade wehgetan hast! Ich werde zu meinem Vater gehen, ich brauche Zeit für mich.«

Jake reißt die Augen auf und droht mich mit ihnen zu Asche zerfallen zu lassen.

Kurzerhand lässt er mich los und ich renne ins Schlafzimmer.

Ich bin gerade dabei mir eine Tasche aus einem der Schränke zu holen, als er mich an der Schulter packt und aufs Bett wirft.

Ich kann nicht aufhören zu weinen, was für einem Monster habe ich zur Heirat eingewilligt?

»Du bleibst hier, Freya. Du wirst mich nicht verlassen, niemals! Hast du das verstanden? Bevor das jemals passiert, bring ich uns beide um. Niemand außer mir, wird dich jemals bekommen!«

Ich kann mich nicht bewegen, egal wie sehr ich es versuche, ich fühle mich wie paralysiert.

»Jake, ich...«

Wieder eine Ohrfeige. Nein, nein, nein, ich kann das nicht!

»Jake, geh sofort runter von mir! Lass mich in Ruhe!«

Er rührt sich nicht, keinen Millimeter.

»Ich werde dich nicht in Ruhe lassen! Du wirst mir jetzt beweisen das du außer meinem, keinen anderen Schwanz in deiner Pussy hattest!«

Dreht er denn jetzt vollkommen durch?

»Jake, bitte hör auf damit, du machst mir eine Heidenangst, bitte!«

Wieder keine Reaktion.

Er tut das Schlimmste, was er hätte tun können.

Er zerreißt mir die Strumpfhose und zieht mir den Slip aus.

»Jetzt wird sich zeigen, ob du einen anderen an dich ran gelassen hast.«

Ohne mit der Wimper zu zucken, fährt er mit seiner Zunge meine Spalte entlang.

Das Gefühl, was ich dabei sonst empfinde, ist wie weggeblasen.

Das Einzige, was ich fühle, ist Ekel.

Ekel und Hass auf mich selbst, dass ich es nicht schaffe ihn von mir zu stoßen.

Vollkommen versteinert liege ich unter ihm, während er seine Zunge immer und immer wieder in mich schiebt.

»Du hast die Wahrheit gesagt. Baby, es tut mir leid. Ich hätte nicht so ausrasten dürfen. Gott, du schmeckst so gut, fuck, ich komme ohne, dass du mich berührst.«

Ich gebe keinen Laut von mir, bewege mich nicht, atme kaum noch, doch das scheint ihn alles nicht zu stören.

»Scheiße, Freya, lass mich dir was Gutes tun. Ich werde dich nie wieder schlagen, versprochen.«

Er lügt, so wie er es immer tut!

Ich werde ihm nie wieder ein Wort glauben können. Nie wieder!

»Ich muss dich spüren. Wie konnte ich nur so die Kontrolle verlieren? Ich weiß das du nur mich liebst, wie könntest du das auch nicht. Ich lege dir die Welt zu Füßen, weißt du? Ich töte für dich, Freya. Heute, morgen und für immer.«

Mit diesen Worten dringt er in mich ein.

Ich hasse ihn! Ich hasse ihn so sehr.

Meine Tränen laufen mir stumm über das Gesicht, doch er beachtet es gar nicht.

Hierbei geht es ihm um Macht und um seine Lust.

Ihm ist es völlig egal das ich das alles nicht will.

Es ist ihm egal, dass er gerade dabei ist mich zu vergewaltigen, nachdem er mich mehrmals geschlagen hat.

»Ich liebe dich. Fuck, Freya, ich liebe dich so sehr. Ich mache das nie wieder versprochen! Stöhn für mich, Baby, zeig mir wie sehr du mich liebst. Los!«

Ich kann nicht, egal wie sehr ich es versuche ich schaffe es nicht, wieder so zu tun, als würde mir gefallen, was er macht.

»Ich will dich hören, Freya!«

Wieder erhebt er seine Stimme, noch mehr Schmerz ertrage ich nicht. Es bleibt mir nichts anders übrig als die Augen zu schließen.

Sofort erscheint mir Killians Gesicht.

Auch wenn es falsch ist, denke ich bei folgenden Worten an ihn.

»Oh Gott, ja! Ich liebe dich auch.«

Und wie sonst auch, kommt er, sobald ich diese Worte ausgesprochen habe.

»Komm lass uns schlafen gehen, aber zuerst solltest du dir das Gesicht waschen. Nicht das, dass Laken von deinem Blut und der verlaufenen Schminke dreckig wird.«

ICH HASSE IHN!

Stumm stehe ich auf, eile die Treppen nach unten, um mein Handy zu holen und schließe mich dann im Bad ein. Mehrere Nachrichten erscheinen auf meinem Bildschirm.

Eine ist von meinem Vater, mal wieder irgendein TikTok Video, doch das ignoriere ich erst einmal.

Denn die andere Nachricht, lässt mich noch mehr weinen.

Killian:

> Hey! Ist soweit alles in Ordnung bei dir?
> Wenn du das ließt, sitze ich wahrscheinlich schon im Flieger. Bitte melde dich kleiner Engel.

Auch wenn es vollkommen unverständlich sein mag, ich vermisse ihn, jede Faser meines Körpers schreit nach ihm.

Vor allem jetzt. Ich fühle mich so zerbrochen und beschmutzt. Keine Dusche der Welt wird das bereinigen können.

Killian hat es geschafft, ich bin genauso besessen von ihm, wie er von mir.

Und es stört mich nicht im Geringsten. Schnell tippe ich eine Antwort, um zu verhindern, dass Jake verdacht schöpft.

Ich:

> Hey! Ich hoffe du kommst gut an und kannst die beiden befreien. Wir reden wenn du wieder hier bist, ich hoffe das ist ganz bald.

Gerade als ich mir das Gesicht gewaschen habe, ertönt mein Nachrichtenton.

Unbekannt:

> Na meine Schöne, tut es weh für seine Sünden bestraft zu werden? Was denkst du würde er sagen, wenn er wüsste das du Killian fickst?

Was zum Teufel? Leise öffne ich die Badezimmertür und laufe auf Zehenspitzen Richtung Schlafzimmer.

Jake schnarcht, Gott sei Dank!

Schnell renne ich zurück ins Badezimmer und verschließe die Tür hinter mir und tippe eine Antwort.

Ich:

> Wer bist du uns was willst du?

Sofort wird die Nachricht gelesen und die hüpfenden Punkte erscheinen.

Unbekannt:

> Ich bin der, der bald der einzige sein wird, das Privileg zu haben dich zu ficken meine Schöne! NICHT MEHR LANGE DANN BIST DU MEINE LADY

Ich habe eine Ahnung, wer sich dahinter verbirgt.

Ich:

> FICK DICH AARON!

Und wieder wird die Nachricht sofort gelesen.

Unbekannt:

Bald wird dir deine freche Klappe vergehen.
Bis bald meine Schöne!

Gott, bleibt mir eigentlich nichts erspart?

Ich blockiere die Nummer.

Ändere das Passwort meines Handys und schleiche zurück ins Schlafzimmer.

· · · · · · · · · · · · · ·

Nach einer fast schlaflosen Nacht, wache ich mit schmerzendem Kopf auf.

Die andere Hälfte des Bettes ist leer.

Zum Glück!

Ich greife nach meinem Handy, in der Hoffnung eine Nachricht von Killian zu sehen, doch nichts. Er hat meine noch nicht einmal geöffnet.

Ich versuche ihn anzurufen, doch lande direkt auf der Mailbox. Mein Gefühl sagt mir, dass irgendwas nicht stimmt.

Plötzlich schrecke ich zusammen. Jake reißt die Tür auf und kommt mit einem Kuchen in den Händen auf mich zu.

»Happy Birthday, Baby! Deine Geschenke sind bei deinem Vater, komm raus aus den Federn.«

Er stellt den Kuchen, auf dem 21 Kerzen brennen,

auf den Nachttisch und beugt sich zu mir nach unten.

»Es tut mir leid, Baby. Ich habe gestern zu viel getrunken. Wir sollten deinem Vater sagen, du bist die Treppe runtergefallen.«

Ich nicke und beschließe kurzerhand, bei allem mitzuspielen.

Der wird sich umgucken, wenn er aufwacht und ich weg bin.

»Verzeihst du mir? Ich meine, es ist Weihnachten, wir wollen doch nicht, dass jemand merkt das wir eine Auseinandersetzung hatten.«

Das nennt er eine Auseinandersetzung? Wie sieht denn dann ein Streit aus?

»Schon okay, danke für den Kuchen, der sieht himmlisch aus.«

Er grinst übers ganze Gesicht und beugt sich noch weiter runter, um mich zu küssen.

Seine Lippen auf meinen zu spüren, löst nicht wie üblich Schmetterlinge in meinem Bauch aus, nein jetzt spüre ich nichts als Ekel.

»Ich liebe dich, Freya.«

»Ich dich auch.«

Er klatscht sich in die Hände und zeigt auf den Sessel, der am Fenster steht.

»Zieh das an, Baby, es wird super an dir aussehen. Denk daran, wir essen heute Abend bei meinen Eltern.«

Erneut nicke ich und stehe mit starken Kopfschmerzen auf, um ins Bad zu gehen, als er mich am Handgelenk zurückzieht.

»Ist wirklich alles gut zwischen uns?«

Seine Berührung löst eine Gänsehaut auf meinem ganzen Körper aus. Es ist aber keine von der guten Sorte.

»Ja, ich hab einfach nur Kopfschmerzen. Ich mach mich zurecht, dann können wir los.«

Wieder zieht er mich an sich und küsst mich. Ich kann den Ekel, der mich überfällt, gar nicht in Worte fassen.

Als er nach einer gefühlten Ewigkeit den Kuss unterbricht und den Raum verlässt, bleibe ich alleine mit meinen Tränen zurück.

Immer wieder stellt sich mir die Frage, wie konnte ich nur so dumm sein, die Warnungen meiner Freundinnen zu ignorieren und Hals über Kopf bei ihm einzuziehen?

Gott, lass den Tag bitte schnell vorbei gehen.

Das Kleid, welches er mir bereit gelegt hat, scheint neu zu sein.

Es ist dunkelrot und am Dekolleté mit roten Perlen bestickt. Es ist schön, jedoch nichts, was ich mir selber gekauft hätte.

Gerade als ich mir das Kleid angezogen und meine Haare hochgesteckt habe, klingelt mein Handy. Voller Vorfreude, es könnte Killian sein, nehme ich einfach ab, ohne zu sehen wer dran ist.

»Hallo?«

»ES GIBT SIE WIRKLICH OH MEIN GOTT!«

»Krieg dich wieder ein, Ana, freuen können wir uns später.«

Was zum Teufel passiert denn hier?

»Hey Freya, hier sind Bri und Ana, Killians Cousinen. Er hat uns für alle Fälle deine Nummer zukommen lassen. Ich glaube es ist genau einer dieser Fälle. Er ist nicht aufgetaucht. Ist er noch bei dir?«

Mein Herz bleibt stehen, meine Hände werden schweißnass. Ihm muss etwas passiert sein!

»Wie habt ihr es raus geschafft? Er hat mir gestern noch geschrieben, bevor er in den Flieger gestiegen ist.«

Am anderen Ende der Leitung ist ein deutliches Weinen zu erkennen.

»Scheiße! Freya, das war alles geplant. Wir haben einen Ausweg gefunden und haben, wenn's hochkommt, bestimmt 20 Biker erschossen! Sie wussten, dass wir ihn anrufen werden!«

Das kann alles nur ein böser Traum sein, ihm darf nichts passiert sein! Er muss zu mir zurückkommen!

»Was…Was machen wir denn jetzt?«

Länger schaffe ich es nicht, meine Gefühle zu unterdrücken, Tränen kullern mir aus den Augen.

»Mach dir keine Gedanken, Bri und ich wissen was zu tun ist. Wenn wir uns nicht mehr melden, sind wir entweder tot oder er ist auf dem Weg zu dir. Es tut uns leid, dass wir dir den Tag versauen mussten, bis bald!«

Der Anruf wird beendet. Ich habe das Gefühl den Boden unter den Füßen zu verlieren. Niemals hätte ich es für möglich gehalten, dass er mir wirklich so viel bedeutet und dass nach so kurzer Zeit. Doch das Wissen, ihm könnte etwas passiert sein, bringt mich beinahe um.

»Baby, wie weit bist du? Wir kommen zu spät, denk an unseren Zeitplan!«

Ah Scheiße! Jake, den habe ich fast vergessen.

Einatmen, ausatmen. Fassung zurück erlangen und los geht's.

Angezogen gehe ich ins Bad und begutachte mein Spiegelbild. Ich sehe schrecklich aus.

Meine Nase ist geschwollen und verfärbt sich lila. Meine Augen sind vollkommen verheult.

Mein Vater wird mir die Geschichte mit dem Sturz auf keinen Fall abkaufen.

So gut es geht, versuche ich die Verfärbungen abzudecken und mache mich dann auf den Weg zu Jake.

Wie an allen Feiertagen, trägt er einen maßgeschneiderten Anzug.

Wäre er nicht das Monster, in das er sich verwandelt hat, könnte ich mir niemals vorstellen an der Seite eines anderen zu sein.

Als er mich bemerkt, dreht er dem Fernseher den Rücken zu und starrt mich an.

Seine ozeanblauen Augen drohen mich in ihre

Tiefe zu ziehen.

Wie kann er mich mit dieser unendlichen Liebe anschauen, wenn er mir so weh tut?

»Jeden Tag aufs Neue, führst du mir vor Augen, wie stolz ich sein darf dich zu heiraten, Freya«

Er fällt vor mir auf die Knie und klammert sich an meine Beine.

»Es tut mir so leid, bitte verzeih mir! Ich schwöre dir, nie wieder derart die Kontrolle zu verlieren. Nie wieder! Der Gedanke, dich an einen anderen zu verlieren macht mich zur Bestie. Ich würde das nicht überleben, verstehst du? Ich liebe dich so sehr, dass es mir weh tut.«

Wieso tut er das? Wieso macht er es mir so schwer? Ein kleiner Teil in mir glaubt ihm, dass er es nicht wieder machen wird, doch ein größerer, schlauerer Teil weiß, dass er sich nicht kontrollieren kann.

Keiner kann mir versichern, dass er mich beim nächsten Mal nicht umbringt.

»Jake, bitte steh auf, es ist okay. Ich liebe dich auch, wirklich, das weißt du.«

Diese Worte über die Lippen zu bringen, kostet mich ein Übermaß an Überwindung.

»Willst du mich immer noch heiraten, Baby?«

Mit Tränen in den Augen sieht er zu mir hoch. Manipulativer Penner!

Denkt er wirklich, Tränen würden meine Entscheidung beeinflussen?

Bevor ich nicht weiß, was mit Killian ist, muss ich dieses Spiel aufrecht erhalten. Ich knie mich zu ihm auf den Boden und nehme sein Gesicht in die Hände. Mit aller Kraft und Fantasie, die ich aufbringen kann, stelle ich mir vor, die vergangenen Wochen würden nicht existieren.

Er hätte mich nicht geschlagen, belogen und vergewaltigt.

»Natürlich will ich dich immer noch heiraten, Jake. Ich habe deinen Antrag nicht aus Spaß angenommen. In guten wie in schweren Tagen, dass weißt du doch.«

Lächelnd beugt er sich zu mir und küsst mich, leidenschaftlicher als er es je getan hat.

»Lass uns gehen, Baby, bevor ich dich ins Schlafzimmer zurück trage.«

Himmelherrgott, Nein!

»Du hast recht, wenn wir zu spät zu meinem Vater kommen, bekomme ich keine Pancakes.«

Gezwungen lache ich über meinen eigenen Witz, lasse mir von Jake beim Anziehen meines Mantels helfen und verlasse, Hand in Hand mit ihm, unser Zuhause.

Kapitel 13

Wenig später kommen wir endlich bei meinem Vater an. Auf so engem Raum mit Jake zu sein hat mich beinahe erdrückt.

Immer wieder schießen meine Gedanken zu Killian. Könnte ihm wirklich etwas passiert sein?

Wenn ja, hängt das mit Aaron zusammen?

Wie soll ich diesen Tag nur aushalten, ohne immer wieder aufs Handy zu schauen.

»Kommst du, Baby?«

Jake hält mir die Hand entgegen und hilft mir beim Aussteigen.

Er lässt für einen kurzen Moment meine Hand los, klingelt und klammert sich wieder an mich.

»Pumpkin, alles alles liebe zum Geburtstag.«

Er zieht mich in eine tröstende Umarmung, von der ich nicht wusste, dass ich sie so dringend gebraucht habe.

»Danke, Papsi, ich hab dich so lieb«, schluchze ich in sein kariertes Hemd.

»Was ist denn los? Jake, wieso weint sie?«

Mein Vater zieht mich fester in die Arme.

»Du kennst sie doch am besten, sie wird um die Weihnachtszeit immer sentimental. Zu allem Übel ist sie gestern die Treppe runtergefallen, da sie dachte ich sei ein Einbrecher.«

Glaubt er sich die Scheiße wirklich, die er verzapft?

»Ah okay, dann kommt doch erst mal rein.«

Immer noch lässt mein Vater mich nicht los und läuft mit seinem Arm über meiner Schulter direkt ins Wohnzimmer.

»Pancakes sind gleich fertig, Pumpkin, willst du mir noch kurz helfen? Jake, mach es dir bequem, heute läuft irgendein Spiel, so weit ich gesehen habe.«

»Perfekt, danke, Andrew.«

Jake macht es sich auf der Couch bequem und schaltet den Fernseher ein, während ich in die Küche gezogen werde.

»Nenn mir einen Grund, Freya, nur einen einzigen, wieso ich ihn nicht direkt zu Kleinholz verarbeiten soll«, brummt er.

Ich kann seine Wut bis in meine eigenen Knochen spüren.

»Papsi, bitte glaub mir, wenn ich dir sage, dass es bald vorbei ist. Versprochen!«

»Was bin ich eigentlich für ein Versager als Vater? Ich sollte nicht um deine Erlaubnis bitten, ihm den Arsch aufzureißen!«

Bevor ich antworten kann, vibriert das Handy in meiner Umhängetasche. Unbekannte Nummer.

Na toll!

Freya! Schalte die Nachrichten an!
Programm 8! Schnell!
Bri & Ana

Wie von Sinnen, renne ich ins Wohnzimmer, reiße Jake die Fernbedienung aus der Hand und befolge die Anweisung der Zwillinge.

Was ich zu sehen bekomme, reißt mir den Boden unter den Füßen weg.

Killian steht in der Mitte eines Kreises.

Um ihn herum stehen mindestens 30 Death Bastards die auf ihn einprügeln!

Mein Herz bricht in tausend Teile!

»Was ist das denn? Andrew, ist das nicht dein Kumpel?«

Mein Vater sieht genauso geschockt aus wie ich.

»Ja, Jake, das ist er. Ich hoffe das ist keine Liveübertragung!«

Das Bild wird für einen Moment schwarz und die Nachrichtensprecherin erscheint.

»Wir verzichten darauf, die darauffolgenden Bilder auszustrahlen, wegen massiver Schusswaffengewalt. Der Mann, der von der Bande eingekesselt wurde, konnte fliehen, als ihm zwei bewaffnete, maskierte Frauen den Weg frei schossen. Jetzt stellen wir uns natürlich die Frage, was wird die Polizei gegen diese Bande von Verbrechern tun?

Lassen sie ihnen wieder alles durchgehen, oder werden sie endlich zur Rechenschaft gezogen?«

Mein Vater nimmt die Fernbedienung an sich, wirft sie dem liegenden Jake auf den Bauch und wendet sich an mich.

»Oben liegt mein Handy, ruf ihn an, ich gehe die Pancakes fertig machen, Pumpkin.«

Jake setzt sich augenblicklich auf.

»Er ist doch dein Freund. Wieso muss Freya sich nach ihm erkundigen?«

Mein Vater knallt mit der Faust auf den Tisch.

»Willst du die verschissenen Pancakes fertig machen, Jake? Dann kann ich mich auch um meinen Freund kümmern! Nein? Dann halt die Klappe und stell meine Autorität nicht in Frage, vor allem nicht in meinem eigenen Haus!«

Jake schießt mit seinen Augen Pfeile in meine Richtung.

Scheiß auf ihn! Ich renne nach oben in das Schlafzimmer meines Vaters, schicke Killians Nummer rüber und rufe seine Nummer an.

Nach dem ich das fünfte Mal angerufen habe, hebt er endlich ab.

»…Verschwindet ihr Teufel! Ich dulde kein Nein, jetzt gib mir die Schlüssel Ana, ich muss zu ihr...«

»Killian?«

Er lebt, Gott sei Dank, er lebt!

Wieder laufen mir Tränen über die Wangen,

jedoch vor Freude.

»Mein Engel, shit! Es war eine Falle! Ich hätte dich nicht alleine lassen sollen. Sag mir das es dir gut geht!«

Ich könnte gerade nicht glücklicher sein.

»Den Umständen entsprechend, ehrlich gesagt. Geht es euch gut?«

»Ja, uns geht es gut. Noch, denn ich habe vor den beiden so dermaßen in den Arsch zu treten. Wo bist du?«

Ich kann mir das Lachen nicht verkneifen, als ich höre, wie die Zwillinge ihn ärgern.

»Noch bei meinem Dad, anschließend geht es zu Jakes Eltern.«

»Du Idiot, gratulier ihr endlich zum Geburtstag!«

Auch wenn ich die Zwillinge noch nie gesehen habe, sind sie mir jetzt schon total sympathisch.

»Haltet euch raus! Wie und wann ich meiner Frau gratuliere, geht euch einen scheiß an. Macht das ihr verschwindet und bringt euch nicht mehr so leichtsinnig in Schwierigkeiten!«

Was... Wie hat er mich gerade genannt? Bevor ich es verarbeiten kann, redet er weiter.

»Mein Engel, sobald die Flachzange weg ist, bekommst du dein Geschenk. Ein Vögelchen hat mir gezwitschert, dass er heute Abend seine nächste Prüfung absolvieren muss...«

»Freya, wie lange willst du noch da oben sitzen? Komm, das Essen steht auf dem Tisch!«

Jakes Stimme lässt mein Herz vor Schreck einen Schlag aussetzen.

»Ich muss auflegen. Bis später!«

Schnell verlasse ich das Schlafzimmer und renne die Treppe runter.

»Papsi, ihm geht es gut!«

»Sehr gut, Pumpkin, da fällt mir ein Stein vom Herzen!«

Und mir erst. Jake beobachtet uns genau, kommentiert es aber nicht und widmet sich seinen Pancakes.

Das Essen verläuft ziemlich ruhig. Jake und mein Vater unterhalten sich über Sport, während ich die Stunden zähle, bis ich wieder in Killians Armen bin.

Gerade als ich den Tisch abgeräumt habe, verschwindet Jake zum Wagen und kommt mit dem Kuchen zurück.

»Happy Birthday, Baby!«

Er zündet die Kerzen erneut an, während mein Vater die Geschenke unterm Weihnachtsbaum platziert.

»Wünsch dir was, Pumpkin.«

Ich schließe die Augen, stelle mir eine stressfreie Zukunft vor und puste die Kerzen aus.

Jake zieht die Kerzen ab und schneidet jedem ein Stück des Schokoladenkuchens ab.

Eigentlich sollte er doch wissen, dass ich Schokolade hasse, doch das werde ich ihm sicher nicht unter die Nase reiben.

»Hier, es ist nur eine Kleinigkeit, aber ich wollte das du es hast. Alles Gute, mein kleines Mädchen.«

Ich nehme das schön verpackte Geschenk entgegen und mache es vorsichtig auf.

Es ist ein Bilderrahmen, mit einem Bild, welches eine jüngere Version meines Vaters zeigt, zusammen mit einer wunderschönen braunhaarigen Frau.

Er umarmt sie von hinten, während sie sich an ihn schmiegt. Leider ist das Bild so alt, dass es schwierig ist, ihr Gesicht richtig zu erkennen. Doch eins ist nicht zu übersehen.

Sie ist schwanger! Das ist meine Mutter!

»Papsi, danke, es ist wunderschön. Wo wurde das Bild aufgenommen?«

Bitte lass ihn mir die Wahrheit sagen.

»In Spanien, Pumpkin. Das ist das letzte Foto, das von ihr existiert.«

Als ich mir das Bild genauer anschaue, kann ich im Hintergrund deutlich ein Schloss erkennen.

»Was ist das für ein Ort, es sieht wunderschön aus.«

Jake neben mir verspannt sich deutlich, kann es sein, dass er weiß, was hinter dem Mysterium steckt, welches sich mein Leben nennt?

»Wir haben uns auf das Gelände des königlichen Palastes geschlichen, deine Mutter hat schon immer davon geträumt eine Prinzessin zu sein. Ich wusste bereits, dass sie krank war und wollte ihr diesen Wunsch erfüllen.«

Wieso sagt er mir nicht einfach die Wahrheit?

Es passt so sehr!

Vielleicht haben er und die Frau auf dem Foto, mich von meinen leiblichen Eltern entführt, weil durch die Krankheit ihr eigentliches Baby gestorben ist. Ja, so muss es sein, anders kann ich mir diese ganzen Zufälle nicht erklären!

»Genug Geschichtsstunde, würde ich sagen. Hier Baby, das ist mein Geschenk.«

Jake reicht mir eine kleine schwarze Samtschachtel. Ich nehme sie ihm lächelnd ab und öffne sie.

»Gefällt sie dir?«

Sein neugieriger Ton ist kaum zu überhören.

In der Schachtel befindet sich eine Kette mit einem Unendlichkeitszeichen und in dieses wurden unsere Anfangsbuchstaben graviert.

»Sie ist wunderschön, danke, Schatz.«

Er steht auf, nimmt mir die Kette ab und legt sie mir um.

»Andrew, wir müssen jetzt leider los, bis zu meinen Eltern dauert es ja eine Stunde. Wir sehen uns morgen.«

Ohne mir die Chance zu lassen, mich von meinem Vater zu verabschieden, zieht er mich in den Stand und schiebt mich zur Tür.

»Melde dich heute Abend, Pumpkin.«

Er zieht mich aus Jakes Griff und nimmt mich in den Arm.

»Egal wohin er dich bringt, ich hoffe es ist weit

genug von diesem Idioten entfernt. Und hab keine Sorge, ich komme nach.«

Seine Worte sind nur für mich bestimmt.

Er unterstützt mich bei jeder Entscheidung.

So wie ein liebender Vater das eben tut, doch ist er das auch?

Ein liebender Vater oder eher ein liebender Entführer?

. . . .

Aaron

Wieder einmal ist er mir entwischt! Das kann doch nicht wahr sein, fast der ganze MC hat ihn umzingelt.

Es wurde auf ihn eingeschlagen und doch hat er es geschafft zu entkommen und das fast ohne einen Kratzer.

Ich hasse ihn, das habe ich schon immer, jetzt aber wird mein Hass immer stärker.

Er hat das, was ich will, er hat sie. Meine Freya!

Wie viele Menschen muss ich aus dem Weg räumen, um sie für mich allein zu haben?

»Jake wird bald kein Problem mehr sein, Boss. Ich habe alles so vorbereitet wie du es wolltest, ich glaube nicht, dass er diese Aufgabe erledigen wird und wenn doch, dann haben wir vielleicht ein neues Monster erschaffen.«

Gail kommt wie immer ungefragt in mein Büro, ich sollte ihm wirklich Manieren einprügeln, aber alles zu seiner Zeit.

»Wäre nicht schlecht, ich meine, wir können immer Monster gebrauchen oder nicht, mein Freund?«

Er nickt und wirft sich auf die Couch in der anderen Ecke des Raumes.

Ich hasse es, es sieht immer noch genau so aus, wie es mein Vater hinterlassen hat. Vor lauter Geschäften habe ich es nicht geschafft den Räumen ein neues Flair verpassen zu lassen.

»Wie sieht deine Recherche aus? Hast du etwas über Killian rausfinden können? Über die zwei geisteskranken Weiber oder Freya?«

Wie ich es erwartet habe, schüttelt er den Kopf.

Das kann doch alles nicht wahr sein!

»Also wenn du mich fragst, sind das die gleichen Zwei, die deinen Vater auf dem Gewissen und das andere Clubhaus in die Luft gejagt haben.

Die Frage, die sich mir immer und immer wieder stellt, ist, wieso die beiden das überhaupt machen. Ich meine wir wissen doch von Kayla, dass sie keinerlei Familie haben. Und wer, wenn es keine Verwandtschaft ist, sollte so oft sein Leben für ihn riskieren?«

So habe ich das noch gar nicht gesehen, er hat vollkommen Recht.

Meine verstorbene Verlobte hat mich scheinbar angelogen. Irgendwo gibt es noch mehr von ihnen und ich soll verdammt sein, wenn ich sie nicht nacheinander auslösche.

»Ruf Jake an! Er hat zwei Stunden Zeit, um hier aufzutauchen. Geht wie geplant vor. Er darf nichts sehen und nichts hören. Nicht das er auf die Idee kommt, die Bullen mitzubringen.

Sobald er hier ist, halte ihn hin. Ich werde seiner Verlobten einen Besuch abstatten. Mal sehen, ob sie weiß, wer Killians geheimnisvolle Retterinnen sind oder wieso so ein Riesenwirbel um ihre eigene Sicherheit gemacht wird. Ihre Pussy muss vergoldet sein.«

Dieses kranke Schwein grinst und läuft davon.

Er weiß genau wie ich versuchen werde die Antworten aus meiner Schönen herauszubekommen.

Kapitel 14

Gerade als wir vor der Villa der Cunninghams ankommen, klingelt Jakes Handy.

Er nimmt den Anruf einer unbekannten Nummer über die Freisprechanlage an.

»Jaki-Boy, ich bin es Gail, deine große Liebe, weißt du noch?«

Ertönt eine lallende männliche Stimme am anderen Ende der Leitung.

Mein Verlobter verspannt sich am ganzen Körper.

Seiner Reaktion nach zu urteilen, muss es einer derjenigen sein, die für Aaron arbeiten.

»Was willst du? Es ist Heiligabend. Hast du keine Familie oder so?«

Gail bricht in schallendes Gelächter aus.

»So etwas wie Feiertage gibt es bei uns nicht, also hol den Schwanz aus deiner Alten und beweg dich ins Clubhaus.«

Was für ein widerlicher Typ!

»Halt die Fresse Gail. Rede nicht so eine Scheiße! Ich bin auf dem Weg zu meiner Familie, ich habe keine Zeit. Wir hören uns morgen.«

Er will den Anruf gerade beenden, als Gail gegen irgendwas einschlägt.

»Du kleiner Scheißer! Ich habe es auf die freundliche Art probiert, jedoch hilft diese bei dir nicht. Also versuchen wir es anders. Wenn du nicht willst das ich die Villa deines Daddys in die Luft jage, bringst du deine Alte nach Hause und bewegst dich augenblicklich hierher. Haben wir uns verstanden, mein Freund?«

Tolle Freunde hat er sich da ausgesucht, dass muss ich schon sagen. Jake drückt die Stumm-Taste und sieht mich eindringlich an.

»Es tut mir leid, Baby, aber du weißt, wie sie sein können. Ich sage meinem Vater das es uns nicht gut geht, und wir uns den Magen verdorben haben oder ähnliches und dafür morgen kommen. Ich will nicht riskieren, dass euch allen was passiert.«

Bevor ich antworten kann, schaltet er das Mikrofon wieder an.

»Kack dich nicht ein Gail, ich komme.«

Jake beendet das Gespräch und lenkt den Wagen wieder in die entgegengesetzte Richtung.

Killian hatte also Recht, Jakes nächste Prüfung steht an.

So leid es mir für ihn tut, freut es mich umso mehr, dass ich Zeit mit Killian haben werde.

»Was musst du für sie tun?«

»Ganz ehrlich, Baby? Ich habe nicht die leiseste Ahnung.«

Ich kann ihm die Angst, vor dem was passieren wird, deutlich ansehen. Er will das alles nicht! Wäre

Killian nicht in mein Leben getreten, würde ich tatsächlich nach einer Lösung suchen und mit Jake das Land verlassen, aber es ist vorbei.

Er hat so viel zwischen uns zerbrochen, genauso wie er versucht hat, mich zu zerbrechen und das kann ich ihm einfach nicht verzeihen. Niemals!

Nach einer schweigsamen Fahrt kommen wir zuhause an.

»Pass auf dich auf«, ich beuge mich vor und drücke ihm einen Kuss auf den Mund.

Als ich versuche mich zurückzuziehen, schiebt er seine Hand in meine Haare und zieht mich in einen wilden Kuss.

»Ich liebe dich so sehr, Freya, so unendlich sehr«, flüstert er an meine Lippen.

»Ich dich auch, Jake.«

Mehr bekomme ich nicht raus, ich muss schnell Abstand zwischen uns bringen, bevor ich mich übergebe.

Er löst seine Hand aus meinen Haaren, und gibt mich frei. Schnell steige ich aus und renne zum Haus.

Gerade als ich den Schlüssel im Schloss drehe, kann ich hören, wie er mit quietschenden Reifen davon fährt.

Zu meiner Verwunderung, musste ich nach dem Betreten die Alarmanlage nicht entsichern.

Bestimmt haben wir vergessen sie einzuschalten, so eilig wie wir es hatten.

Bevor ich mich bei Killian melde, habe ich beschlossen ein ausgiebiges Bad zu nehmen.

Der ganze Tag war bisher so aufregend, dass ich erstmal ein bisschen Entspannung brauche.

Mit dem Geschenk meines Vaters laufe ich die Treppen nach oben ins Schlafzimmer.

Ich kann nicht sagen wieso, doch irgendetwas sagt mir, dass hier was nicht stimmt.

Einmal drehe ich mich um meine eigene Achse, versuche auf einen Blick zu erkennen, was anders sein könnte und siehe da, meine Unterwäscheschublade steht offen.

Was zum Teufel?

Ich eile zum Bett, schiebe meine Seite des Bett-kastens auf und atme erleichtert aus.

Die Bücher meiner Mutter liegen unberührt an ihrem Platz. Bei dem ganzen Stress habe ich vollkommen vergessen sie Killian zu geben.

Ich glaube ich werde verrückt, dass muss es sein. Ohne dass der Alarm ausgelöst wird, kann keiner das Haus betreten.

Völlig in Gedanken versunken krame ich in meiner Unterwäscheschublade, nach einem farblich passen-den Set.

Noch nie habe ich mich damit befasst schöne Dessous zu tragen. Jake meinte immer, dass sei überflüssig, da man sie sowieso nicht lange anbehält.

Killian schätze ich diesbezüglich anders ein, deswegen entscheide ich mich für den heißesten

Fummel, den ich habe.

Ein schwarzes Cami-Top mit Spitze, die bis knapp über den Bauchnabel reicht.

Eigentlich könnte dieses Set auch als Korsage durchgehen, jedoch besteht es aus zwei Teilen.

Genauer betrachtet könnte man das Höschen auch weg lassen, da es sowieso nur ein hauchdünner String ist. Gott, ich glaube ihm würden die Augen ausfallen.

Lachend schüttle ich über meine eigenen Gedanken den Kopf und mache mich auf den Weg ins Badezimmer.

Dort angekommen, lege ich meine Unterwäsche zusammen mit meinem schwarzen Seidenbademantel auf die Ablage des Waschbeckens.

Ich schnappe mir einen meiner liebsten Badezusätze, kippe eine kleine Menge in die Wanne und lasse heißes Wasser einlaufen.

Ein vanilliger Orchideenduft erfüllt den Raum, während ich mich von meiner Kleidung befreie und anschließend ins heiße Wasser sinken lasse.

Sofort fällt die angestaute Last von meinen Schultern. Immer wieder wundere ich mich darüber, was so ein heißes Bad bewirken kann.

Sofort schießen meine Gedanken zu meinem Vater.

Als Kind war ich schon eine totale Frostbeule, selbst im heißesten Sommer war mir kalt.

Jeden zweiten Abend, hat mein Vater mir die

Wanne vollgemacht mit allen möglichen Spielsachen, mit denen ich mich im Wasser ablenken konnte, während er mir die Haare wusch. Damals gab es einen Laden, der verschiedene Badesalze, Öle und Schaumbäder verkaufte. Als wir diesen damals zum ersten Mal betraten, kam eine ältere Dame auf uns zu, sie muss sicher Anfang 60 gewesen sein.

Freundlich lächelnd beriet sie uns und erklärte die verschiedenen Inhaltsstoffe, da sie alles selber herstellte.

Für Kinder hatte sie speziell angefertigte Badekugeln, die sich im Wasser auflösen und dieses verfärben. Ich lief direkt auf ein Regal zu und suchte mir eine aus. Es war ein nach Vanille riechender Kürbis, daher auch der Spitzname Pumpkin.

Ich werde das Gesicht der Frau, bei Erwähnung dieses Namens, niemals wieder vergessen. Sie war so stolz, dass mir mein Vater auf Grund, der von ihr hergestellten Badekugel diesen Namen gab, dass ich mir jede Woche, bis zu ihrem Tod, eine abholen durfte.

Durch meine ganzen Flashbacks überkommt mich eine leichte Müdigkeit und ich schließe meine Augen.

Ein seltsames Geräusch lässt mich sofort hochschrecken, doch bevor ich es schaffe aus der Wanne zu klettern, kommt eine maskierte Gestalt auf mich zu und drückt meinen Kopf unter Wasser.

Sternchen tauchen vor meinem inneren Auge auf,

meine Lungen füllen sich mit Wasser und ich merke, wie sich die Ohnmacht bereit macht, als ich brutal an den Haaren aus dem Wasser gezogen werde.

»Hallo, meine Schöne. Na, hast du bei deinem Tauchgang etwas Wertvolles entdecken können? Wie zum Beispiel die Wahrheit?«

Selbst mit der Maske erkenne ich ihn.

Aaron.

Völlig außer Atem mache ich mich zum Antworten bereit, doch er hält mir den Mund zu.

»Überlege dir genau, was du sagen willst, meine Schöne, wenn du nochmal vor hast so frech zu sein wie in deinen Nachrichten, versohl ich dir den Hintern!«

Der Typ hat sie doch nicht mehr alle! Ich lasse mir in meinem Haus sicherlich nicht den Mund verbieten.

Doch ganz tief drinnen weiß ich, dass es besser wäre den Mund zu halten. Ich kann mir das Ausmaß seiner Grausamkeit nicht annähernd vorstellen.

»Ich weiß nicht, wovon du sprichst, Aaron. Welche Wahrheit?«

Meine Antwort scheint ihm nicht gefallen zu haben. Er setzt sich auf den Wannenrand und kommt mir mit seinem Gesicht so nah, dass unsere Nasenspitzen sich berühren.

»Ich mag es nicht, wenn man mir Dinge verheimlicht, weißt du. Wer sind die zwei Fotzen, die deinem Lover immer wieder den Arsch retten? Ich will wissen in was mein Geld fließt und du scheinst sehr wichtig zu sein, sonst würde dein Verlobter wohl kaum 500.000 Pfund für deine Sicherheit zusammen kratzen wollen. Also, kleine Freya, wer bist du?«

Eine halbe Millionen Pfund für meine Sicherheit? Immer mehr fange ich an zu glauben, dass Killian und ich mit unserer Vermutung richtig liegen.

Es muss so sein!

Wenn ich nicht die entführte Prinzessin Esperanza von Spanien bin, wieso sollte Jake sonst so viel Geld für mich auftreiben wollen?

»Du willst also nicht reden, das habe ich mir schon gedacht. Jake hat dich schon immer als eine Idiotin beschrieben, die weder weiß, wann sie ihr Maul halten soll, noch wann sie es zu öffnen hat. Na, dann kommt jetzt eben meine Lieblingsmethode, kleine Schlampen wie dich zum Reden zu bringen.«

Bevor ich protestieren kann, zieht er mich aus dem Wasser, wirft mich über seine Schulter und trägt mich ins Schlafzimmer.

»Lass mich runter, du Esel«

Wie wild schlage ich ihm mit den Fäusten auf den Rücken, doch er lässt sich davon nicht beeindrucken.

Erst als ich ihm mit dem Fuß in die Weichteile trete, lässt er mich fallen und tritt mir mit seinem Schuh direkt in den Magen.

Sofort droht mein Mageninhalt an die Oberfläche zu kommen.

»Ich hatte vor nett zu dir zu sein, wirklich, das

meine ich ernst, doch du lässt mir keine Wahl. Wie soll das mit uns was werden, wenn du so ungezogen bist? Ich werde nicht die Zeit haben, dich den gesamten Tag zu züchtigen, wenn ich dich als mein Eigentum anfordere, meine Schöne. Also zeig verdammt nochmal Respekt, so wie es sich für die zukünftige Lady des Präsidenten gehört!«

Killian hatte also Recht. Aaron hat vor mich zu seinem Eigentum zu machen.

In was hat Jake mich da nur reingezogen? Hätte er sich nicht einfach einen Kredit bei der Bank nehmen können, anstatt sich das Geld von den Bikern zu erarbeiten?

»Letzte Chance, meine Schöne, wer bist du, wieso bist du ihm so viel wert und wer sind diese zwei Tussen?«

Nur über meine Leiche werde ich ihm etwas sagen, vor allem nicht, solange ich es nicht sicher weiß!

Mit ganzer Kraft versuche ich den Schmerz, den er mir zugefügt hat, als er mich an den Haaren zog, zu unterdrücken, um mich zurück ans Bett zu ziehen.

Ich brauche Abstand und noch mehr brauche ich etwas, um meine Nacktheit zu verstecken.

Ich nehme das Laken vom Bett, und will gerade meinen Körper damit bedecken, als er es mir wieder wegzieht.

»NEIN! DU WIRST DIESEN KÖRPER NICHT VOR MIR VERSTECKEN! ALLES AN DIR GEHÖRT

MIR! MIR ALLEIN! KEINEM JAKE UND VOR AL-
LEM KEINEM KILLIAN!«

Aaron zieht mich so ruckartig an den Beinen in
seine Richtung das ich mit voller Wucht mit meinem
Kopf auf dem Boden aufschlage.

»Du stehst also auf die Bösen Jungs, meine
Schöne? Du magst es, wenn Hände dich berühren, an
denen Blut klebt. Wir sind also gar nicht so verschieden, ich mag es nämlich, wenn Blut an meinen Händen klebt.«

Bevor ich realisiere, was passiert, zieht er das
Messer aus seinem Stiefel, welches ich bei unserer
ersten Begegnung gesehen habe.

»Aaron…bitte…ich weiß nichts…ich«, stottere ich
vor Angst, doch wie ich sehe, macht ihn das an.

Eine große Beule bildet sich in seiner schwarzen
Hose.

»Mein Name klingt aus deinem Mund wie ein Ge-
bet an alle Götter dieses Universums. Wie wird es
sich erst anhören, wenn du ihn schreist?«

Mit diesen Worten setzt er seine Klinge auf die
Haut meines Oberschenkels und zieht einen langen
Schnitt darüber.

»HÖR AUF, BITTE! NICHT!«

Dieser Schmerz ist kaum auszuhalten, doch selbst
die Tränen, die aus meinen Augen fließen, lassen ihn
nicht aufhören.

»Ja, genau so, meine Schöne, schrei für mich!«

Wieder setzt er die Klinge an, diesmal an meinem

anderen Bein.

Erneut durchfährt ein schrecklicher Schmerz meinen Körper.

»Aaron, bitte, du musst das nicht tun, ich weiß nichts, ich schwöre es.«

Um ihn nicht noch heißer zu machen, versuche ich so gut wie möglich meine Stimme ruhig zu halten.

Er zieht sich die Maske weg, die sein Gesicht bis zu den Augen verdeckt, und setzt ein sadistisches Grinsen auf.

»Weißt du, meine Schöne, auch wenn du es vielleicht wirklich nicht weißt, sollte ich dich für dein Verhalten bestrafen. Du fickst Killian? Glaub mir eins, wenn ich mit dir fertig bin, wird er dich sicher nicht mehr wollen.«

Mit einem Fragezeichen im Gesicht, sehe ich ihm in seine eisblauen Augen, die mich an einen weiten und tiefen Ozean erinnern. Er versucht mich mit seinem Blick in eine unendliche Tiefe zu ziehen.

»Es wird das Schönste für mich sein, dich zu brechen, meine Schöne. Ich fange genau jetzt damit an.«

Er balanciert sein Messer zwischen drei Fingern, bis er mit dem Griff in meine Richtung zeigt.

Bevor ich verstehe, was er tut, spreizt er meine Beine, spuckt mir auf meine Öffnung und führt mir den Griff seines Messers brutal ein.

Ich kann vor lauter Schmerz gar nicht anders und schreie. Schreie, weine, winde mich hin und her, doch er hört nicht auf, im Gegenteil, er wird immer grober. Ich kann spüren, wie er mich innerlich verletzt, denn eine warme Flüssigkeit rinnt die Innenseiten meiner Oberschenkel nach unten.

Aaron scheint das nicht zu entgehen, augenblicklich verschwindet sein Messer und grade, als ich denke, es ist vorbei, grinst er wieder übers ganze Gesicht.

»Genau so, meine Schöne. Blute für mich.«

Er senkt gerade seinen Kopf in Richtung meiner blutenden Pussy, als die Tür des Schlafzimmers aufgestoßen wird und Aaron mit einem Tritt von mir geschleudert wird.

Erleichtert schluchze ich auf als ich Killian erblicke.

Dieser bückt sich nach dem blutigen Messer und sticht dieses mehrmals in Aarons Oberschenkel.

»DU WIRST NIE WIEDER AUCH NUR AN SIE DENKEN! NIE WIEDER! WENN ICH DICH NOCH EINMAL IN IHRER NÄHE SEHE, BEGINNE ICH EINEN KRIEG! ICH BRINGE EUCH ALLE UM AARON! JEDEN EINZELNEN VON EUCH, DER ES NUR WAGT IN DIE NÄHE MEINER FRAU ZU KOMMEN HAST DU DAS VERSTANDEN?«

Eine Blutlache hat sich unter Aaron gebildet, doch trotzdem grinst er übers ganze Gesicht.

»Diesen Krieg hast du jetzt schon begonnen.

Sie steht mir zu, Killian, du kennst die Gesetze und glaube mir, ich werde sie mir holen! Ich werde sie von all meinen Männern ficken lassen, während du dabei zusiehst! Sie wird um Hilfe schreien, doch du wirst sie nicht retten können. Denn bei dem Versuch schicke ich dich zu deiner Hure von Mutter! Freya wird meine Lady! NUR MEINE«

Blutüberströmt steht er auf, greift in seine Jacke und zieht eine Waffe.

Killian, der gerade auf dem Weg zu mir ist, dreht ihm den Rücken zu.

»Waffe…«, bringe ich stotternd hervor und Killian dreht sich blitzartig um.

»Du willst mich wie ein Feigling von hinten erschießen?«

Bevor Aaron den Abzug drücken kann, greift Killian ihn an der Kapuze und schleift ihn aus dem Zimmer.

Ich kann hören, wie sie sich gegenseitig anbrüllen, verstehe aber nicht, was sie sagen.

Nach dem lauten Knall der Haustür, ist nichts außer Stille zu hören.

Vorsichtig ziehe ich mich an der Bettkante hoch, um mich aufrecht hinzusetzen, bevor die Ohnmacht mich erreicht.

»Es tut mir so leid, ich war nicht schnell genug bei dir. Ich hätte es verhindern müssen! SCHEISSE, DAS IST ALLES MEINE SCHULD!«

Nur zögerlich kommt er mir näher, greift nach dem Laken, das auf dem Boden liegt und legt es behutsam über mich drüber.

»Nichts davon ist deine Schuld, Killian, ich bin

froh, dass du noch Schlimmeres verhindert hast. Nochmal hätte ich das nicht ausgehalten…«

Scheiße! Ich hatte nicht vor, das laut auszusprechen.

»Was soll das heißen nochmal? Freya, ich war ungefähr 20 Stunden weg.«

Plötzlich bricht alles über mir zusammen.

Der Schmerz, den ich körperlich spüre, ist nichts zu dem, welcher sich in meinem Inneren widerspiegelt.

Jake hat mich vergewaltigt, nachdem er mich zusammengeschlagen hat. Kilian war nicht auffindbar und dann das, was sich die letzten Minuten mit Aaron abgespielt hat.

Wieso?

Wieso muss mir so etwas passieren?

Bis vor einigen Wochen, war mein Leben noch vollkommen harmonisch.

Ich war glücklich! Jetzt fühle ich mich schmutzig, in jeglicher Hinsicht, wie ich merke, als ich an mir herunter sehe.

Zwischen meinen Beinen läuft eine Blutspur nach unten und verteilt sich auf dem Boden.

»Bitte rede mit mir, Freya, was ist passiert? Gott, darf ich dich in den Arm nehmen?«

Ich nicke hysterisch und schmeiße mich in seine Arme. Augenblicklich fühle ich mich sicher und angekommen.

All die innerlichen Schmerzen verblassen

plötzlich.

»Er hat mich vergewaltigt, Killian, er hat mir wehgetan, ich… ich… Gott, ich kann einfach keine Schmerzen mehr ertragen.«

Er zieht mich immer enger an sich.

»Ich bring sie beide um! Ich…«

Ich schüttle heftig den Kopf.

»Nein, bitte lass mich einfach nicht mehr alleine, Killian.«

Wir stehen zusammen auf und laufen gemeinsam ins Badezimmer.

»Du wirst nicht länger hier bleiben, Freya, wir machen dich sauber, packen deine Sachen und gehen zu mir. Keine Diskussion, kleiner Engel, ich lasse dabei nicht mit mir reden. Du wirst…«

»Okay, ich komme mit dir. Ich werde nicht diskutieren, ich will einfach nur bei dir sein.«

Stumm setzt er mich auf den Rand der Badewanne, befeuchtet einen Waschlappen, der herumliegt und tupft mir vorsichtig das Gesicht ab, von dem ich gar nicht wusste, dass es verletzt ist.

Jetzt erst fällt mir auf, dass sein Gesicht auch ganz schön ramponiert ist.

»Gott, was bin ich nur für ein Mensch, ich habe gar nicht gesehen, dass du ebenfalls nicht besser aussiehst als ich.«

»Mach dir um mich keine Sorgen, ich sah schon schlimmer aus.«

Irgendetwas verändert sich in seinem Blick.

»Du musst deine Beine aufmachen, mein Engel.«

Zögerlich befolge ich seine Anweisung und öffne meine Beine für ihn.

Auch hier säubert er behutsam die Wunden und entfernt das getrocknete Blut.

Anschließend, nähert er sich langsam meiner brennenden Mitte.

Kaum ist er dort angekommen, zucke ich vor Schmerz zusammen.

»Es tut mir leid, ich sollte wirklich alles sauber machen, ich will nicht das du dir Bakterien einfängst, durch das was er getan hat.«

Er hat recht. Ich will nicht wissen, wie viele eklige Hände den Griff berührt haben, mit dem Aaron mich penetriert hat.

Nach ungefähr 10 Minuten ist Killian fertig.

Er hilft mir beim Aufstehen, dirigiert mich ins Schlafzimmer und setzt mich dort aufs Bett.

»Eigentlich brauchst du nicht viel, wir können dir alles neu kaufen. Nur bequeme Sachen solltest du mitnehmen, da du die nächsten Tage Bettruhe einhalten wirst. Also was soll ich dir einpacken?«

»Killian, ich habe kaum Geld, ich kann nicht alles zurücklassen das ist unmöglich«

Er kniet sich vor mich hin und nimmt meine Hände in seine.

»Du brauchst nichts, Freya. Ich habe genug, bitte dreh jetzt nicht durch, aber als Auftragsmörder verdient man mehr als irgendein Typ, der ein Handy erfunden hat.«

Für seinen Vergleich schlage ich ihm lachend auf die Schulter.

»Nein, Killian…«

»Sei still, also sag mir, was ich einpacken soll und dann nichts wie weg.«

Ich akzeptiere vorerst und dirigiere ihn durchs ganze Haus, um meine persönlichen Sachen einzusammeln.

Er hat jemanden beauftragt, der kommen soll so lange Jake noch weg ist, um die Sauerei im Schlafzimmer zu beseitigen.

Mit vier Koffern und den Tagebüchern meiner Mutter steigen wir in sein Auto und machen uns auf den Weg in mein neues Zuhause.

Kapitel 15

VERDAMMTE SCHEIßE!! So war das alles nicht geplant!

Verdammter Fuck nochmal!

Sie sollte mir so eine Rückendeckung geben! Mich sollte sie warnen, wenn mich jemand hinter dem Rücken mit einer Knarre bedroht. MICH! NICHT DIESEN VERDAMMTEN KILLIAN!

Er sollte hier in diesem Pick-Up an meiner Stelle liegen wie ein verdammtes Vieh.

Noch nie musste ich einen meiner Männer anrufen, weil ich wie ein elendes Schwein mit Stichverletzungen in einer Auffahrt lag. Zum Glück hatte Gail noch nicht mit Jakes Prüfung begonnen und konnte mich sofort abholen und zu einem unserer Ärzte bringen.

12 Stichverletzungen, die mit insgesamt 34 Stichen genäht und getackert werden mussten. So hat mich bis jetzt noch niemand zugerichtet.

Um mein Versagen nicht vor dem MC zu zeigen, veranlasste ich eine intravenöse Dosis Morphium, damit ich nicht humpelnd durch die Gegend laufe.

Mit einer Verspätung von zwei Stunden, kommen wir bei dem Spektakel an. Mitglieder aus aller Welt, haben sich extra für diese bestialische Prüfung Zeit genommen. So etwas gab es in der Geschichte der Death Bastards noch nie, aber was soll ich sagen, wenn Jake die Prüfung nicht absolvieren sollte, wird er beseitigt.

So sind die Gesetze und ich hoffe, ich muss von diesem Gebrauch machen, dann wäre es schon ein Idiot weniger der mir im Weg steht, wenn es um Freya geht.

Gail und ich kommen neben dem Käfig an, der unter einem Tuch versteckt ist und warten auf Jake, der zusammen mit dem Rest meiner Männer aus dem abgefuckten Pub kommt, den wir immer mieten, wenn irgendwelche Deals oder Prüfungen der abartigen Sorte stattfinden.

»Jake, mein Bester, bereit für deine letzte Prüfung?«

Verwirrt schaut er abwechselnd von Gail zu mir.

»Ich dachte es sind vier, soweit ich weiß, waren es bis jetzt nur zwei.«

Ich lege ihm meinen Arm um die Schulter und führe ihn zu dem Käfig.

»Eine Prüfung dieser Art gab es noch nie. Du hast die Ehre, der Erste der Geschichte zu sein, der so etwas tun muss.«

Ich kann es kaum erwarten, sein Gesicht zu sehen, wenn er sieht, was sich unter dem Tuch befindet.

Ich nehme wie üblich die Position in der Mitte des Podests ein, dass vor dem Pub platziert wurde.

»Hallo, meine Brüder, ich hoffe ihr habt gut hergefunden. Wie immer habe ich euch nicht ohne Grund eingeladen. Wir haben uns heute in dieser großen Zahl versammelt, weil mein guter Freund Jake, die Prüfung der Prüfungen absolvieren soll. Wie ihr sehen könnt, habe ich bereits etwas vorbereiten lassen. Jake, würdest du bitte zu mir kommen und unseren Brüdern zeigen, was sich unter dem Tuch verbirgt?«

Sofort kommt er, für meine Erwartungen viel zu selbstbewusst, zu mir hoch und zieht das Tuch vom Käfig.

Wie erwartet, entgleiten ihm seine Gesichtszüge.

»AARON WAS SOLL DAS? DU HAST MEINEN COUSIN EINGESPERRT?«

Sein Brüllen ist Musik in meinen Ohren.

Wenn er nur wüsste, was noch auf ihn zukommt.

Ich muss sagen, ich habe mich mit dieser Prüfung selbst übertroffen.

Hoffentlich läuft alles nach Plan.

»Weißt du, mein Freund, jeder der hier anwesenden Präsidenten, kann dir bestätigen, wie schwer es ist neue Mitglieder zu rekrutieren.«

Die Menge stimmt mir brüllend zu.

Ich hebe die Hand, um ihnen zu signalisieren die Fresse zu halten, denn was ich jetzt vorhabe, wird mich zum König aufsteigen lassen, da bin ich mir sicher.

»Ich muss wissen, wie weit du bereit bist zu gehen, um das, was dir am liebsten ist, zu beschützen. Wie weit würdest du gehen, wenn dich jemand aus deinen engsten Reihen hintergeht? Das ist ein wichtiger Punkt für deine heutige Prüfung.«

Ich habe gesehen, wie er sich an Freya vergriffen hat. Am liebsten hätte ich ihm einfach eine Kugel in den Kopf geballert, auch wenn ich heute selbst nicht besser war.

Ich wollte nicht, dass es so ausartet, wirklich nicht. Aber ich konnte nicht damit umgehen, zu wissen, dass sie was mit Killian am Laufen hat.

Mir geht es überhaupt nicht darum, wer sie ist und wieso so ein Geheimnis aus ihr gemacht wird.

Klar wäre es gut, es zu wissen, doch wenn sie endlich mir gehört, ist sie sowieso nicht mehr die, die sie glaubt zu sein.

»Boss, wir sollten anfangen«, reißt mich Gail aus meinen Gedanken.

Gott, diese Frau lenkt mich total ab!

Oder vielleicht ist es auch das Morphium, obwohl das eigentlich dasselbe ist.

Beides eine süchtig machende Droge.

»Lasst die Prüfung beginnen!«

Alle fangen an wie wild zu brüllen, während irgendeine unserer Nutten kommt, um Jake die Augen zu verbinden.

»Dein Cousin Caleb, ist nicht so ein toller Mann wie du vielleicht denkst. Ich habe mich heute verspätet, weil ich die Vermutung hatte, er würde deine Alte ficken und wer hätte es gedacht, ich hatte Recht. Ich bin ein guter Freund, Jake. Ich habe dir beide hergebracht. Du kannst dich an einem oder an beiden rächen, nur will ich das du dabei nichts siehst und deine volle Konzentration auf deine Wut lenkst. Die Entscheidung liegt ganz bei dir.«

Ich kann deutlich sehen, wie er seine Kiefermuskeln anspannt. Er platzt vor Wut, jedoch bin ich mir sicher, dass er niemals etwas tun könnte, was Freya das Leben kosten wird.

Man könnte meinen ich bin ein Genie.

Wir alle tragen zu unserer eigenen Sicherheit Mikrofone, für den Fall das etwas passiert.

Ich habe Gail den Auftrag gegeben, Freyas Schreie zusammenzuschneiden, um meine Show noch etwas perfekter zu machen. Ich wollte ja nicht, dass er sich langweilt, solange ich zusammengenäht werde.

»Deine Zeit ist um. Nimmst du Rache oder willst du erst mal mit Freya darüber reden?«

Sofort fangen alle an zu Lachen.

Jakes Gesicht wird immer roter.

Ich winke die Nutte, die ihm die Augen verbunden hat, zu mir und platziere den kleinen Lautsprecher an ihrem Top.

»Hier, direkt neben mir steht die Frau, die dich nicht zu schätzen weiß. Genau neben ihrem Toy-Boy.

Also was sagst du, mein Freund?«

Ich halte ihm mein Messer hin, welches zuvor in

seiner Verlobten gesteckt hat, jedoch schlägt er es weg.

Ich dirigiere ihn in die Richtung unserer Schauspielerin und dann passiert etwas, womit ich nicht gerechnet habe.

Jake packt die Nutte am Arm und drückt sie auf die Knie. Genau passend, spielt Gail die Aufnahme ab und Freyas Stimme ertönt.

»Nicht, bitte du tust mir weh.«

Er schlägt wie in Trance auf die Arme ein.

Immer wieder lässt Gail die gleiche Aufnahme abspielen, denn ihre Stimme zu hören, scheint ihn noch wütender zu machen.

»ICH HAB ES GEWUSST! DU DUMME VERLOGENE HURE!«

Die Nutte hat sich vor ihm zusammengerollt und weint vor Schmerz. Vor lauter Wut fällt ihm gar nicht auf, dass es gar nicht mehr die Stimme seiner Verlobten ist.

Was er dann tut, schockt mich über allen Maßen.

Er zieht sich die Augenbinde ab, reißt mir das Messer aus der Hand, öffnet den Käfig und schneidet seinem Cousin die Kehle durch.

Als er vor dem Häufchen Elend, das sicherlich keinen heilen Knochen mehr im Körper hat, ankommt, zieht Gail ihn zurück.

»ES REICHT! DAS IST NICHT FREYA! SIE WAR NIE HIER DAS WAR ALLES EINE PRÜFUNG!«

Geschockt schaut er sich um. Als er sieht, dass

Gail die Wahrheit gesagt hat, sieht er das Ausmaß seiner Tat. Niemals hätte ich es für möglich gehalten, dass er das wirklich durchzieht.

Ich bin mir sicher, dass ich riesige Probleme mit ihm bekommen werde, in Bezug auf meine zukünftige Lady.

Ich bin so in Gedanken versunken, dass ich zu spät merke, dass Jake auf Gail und mich zu gerannt kommt.

Er erreicht meinen loyalsten Mann und schlitzt ihm das Gesicht auf. Kurz bevor er mich erreicht, ertönt ein Schuss.

»WAGE ES NICHT JAKE! LEG DAS MESSER WEG!«

Ich kann die brüllende Stimme durch das Rauschen in meinen Ohren nicht zuordnen.

Mindestens 30 Waffen sind auf Jake gerichtet, doch er hat mein Messer immer noch fest im Griff.

»Du mieses Arschloch! Aaron, du weißt genau, was ich für sie tun würde, wie kannst du so eine Scheiße abziehen? Ich habe einem Mitglied meiner Familie die Kehle durchgeschnitten und fast eine Unschuldige getötet!«

Das aus seinem Mund zu hören, lässt mich ins Grübeln kommen. Hab ich einen Fehler gemacht?

Wieder kommt er mit dem Messer auf mich zu, als einer der Präsidenten vortritt, ihn an der Schulter packt und zu sich dreht.

»Du hast jedes Recht sauer zu sein, Junge, aber

deinen Präsi anzugreifen, kostet dich dein Leben. Du hast dir deinen Platz im Chapter mehr als verdient und glaub mir, wenn ich dir sage, dass man so etwas von mir nie zu hören bekommt.«

Jake kommt erhobenen Hauptes auf mich zu.

»Das nächste Mal, wenn du Freya zu nahe kommst oder so eine dumme Scheiße lostrittst, sterbe ich gerne, aber lass dir eine Sache gesagt sein, dich werde ich mit in den Tod reißen.«

Jake schmeißt mir das Messer vor die Füße, spuckt auf den Boden und geht.

Fuck, ich habe ein blutdurstiges Monster erschaffen mit meiner Aktion. Dennoch lasse ich mich nicht von meinem Vorhaben abbringen, sie wird mir gehören!

. . . .

Die gesamte Fahrt zu Killians Penthouse, hat er mit meinem Vater eine lautstarke Diskussion geführt.

Sie stritten sich darüber, bei wem ich wohnen werde. Nachdem Killian, vor Wut, die ganzen Ereignisse ausgeplaudert hat, ist mein Vater am Telefon weinend zusammengebrochen. Noch nie in meinem ganzen Leben, hat mich etwas so sehr verletzt, wie diese Situation.

Ich musste ihm versprechen, mich jeden Tag zu melden, bis wir wissen, wohin uns unsere Flucht vor Jake und dem MC führt. Denn auch wenn ich versuche den Gedanken daran zu unterdrücken, ich muss mich vor ihnen verstecken. Jake wird mich sicher umbringen, wenn Aaron ihm von mir und Killian erzählt und Aaron wird nicht ruhen, bis ich seine Lady werde.

10 Minuten später, fährt er in die Tiefgarage, die sich direkt unter dem Gebäude befindet in dem Killian wohnt. Er parkt seinen Wagen und hilft mir beim Aussteigen.

»Warte genau hier, ich trage die Koffer zum Fahrstuhl.«

Genau wie er es wollte, bleibe ich direkt am Auto stehen. Ein laut aufheulender Motor lässt mich zusammenzucken, er hat mich doch nicht gefunden, oder?

Zu meiner Beruhigung, ist es keins der Mitglieder des MC's, sondern ein Hausbewohner, der mich freundlich anlächelt.

»Bist du so weit, mein Engel? Lass uns nachhause gehen.«

Nachhause, das klingt so perfekt, nur habe ich das Gefühl, dass noch etwas passieren wird. Hand in Hand laufen wir zu dem bereits offenen Fahrstuhl. Killian hält dieselbe Schlüsselkarte, die er mir gegeben hat an eine Art Lesegerät und der Lift setzt sich in Bewegung nach oben.

Im Penthouse angekommen, stellt er die Koffer mitten in den Flur und zieht mich ruckartig in seine Arme.

»Es tut mir so, so leid, Freya. Ich verspreche dir, ich werde alles, was in meiner Macht steht, machen, dass dir niemand mehr weh tun kann.«

Ich kuschle mich an seine Brust und atme seinen beruhigenden Duft ein.

Niemals hätte ich gedacht, dass ich mich bei ihm so geborgen fühle, dass er mich so beschützt, obwohl er derjenige war, der sich mir anfangs aufgezwungen hat, der mich gestalkt hat und der zu alledem ein Auftragskiller ist.

Ich glaube, nein ich weiß, dass ich mich langsam, aber sicher in ihn verliebe.

»Hast du Hunger, mein Engel? Ich kann uns was bestellen, wenn du willst.«

»Nein, ich glaube nicht, dass ich nach diesem Abend jemals wieder etwas essen kann.«

Er zieht mich in Richtung Schlafzimmer und setzt mich dort auf das federweiche Bett.

»Ich werde bestimmt nicht zulassen, dass du dich zu Tode hungerst, mein Engel. Du weißt, wie gut ich darin bin, das zu erreichen, was ich will.«

Er zwinkert mir zu und verschwindet wieder. Kopfschüttelnd lasse ich mich in das bequemste Bett fallen, in dem ich jemals gelegen habe und warte bis er wieder kommt.

»Freya? Würdest du vielleicht kurz kommen, bitte?«

Widerwillig stehe ich auf und verlasse orientierungslos den Raum.

»Eine Wegbeschreibung wäre nett.«

Ich höre ihn lachen und er steckt den Kopf durch eine Türe, die in unmittelbarer Nähe zum Schlafzimmer ist.

»Hier ist eines der größten Badezimmer im Penthouse. Da ich gesehen habe wie viel Zeug du hast, solltest du dieses Zimmer für dich alleine haben. Die Treppe hier, hinter der Tür, führt in das obere Stockwerk. Das kannst du aber auch über die Treppe im Flur erreichen. Dort oben befinden sich Büro, Fitnessraum und noch ein Zimmer, welches ich nach unserer ersten Begegnung umgebaut habe.

Das ist einer der Gründe, wieso ich immer mal wieder abgehauen bin.«

Er nimmt mich an der Hand und führt mich die Treppe nach oben. Die Aussicht, die ich von hier auf die Stadt habe, ist noch besser als die aus seinem Wohnzimmer.

Er zeigt mir die Zimmer, die er unten schon erwähnt hat und bleibt anschließend vor einer verschlossenen Tür stehen.

»Halte mich für verrückt, wenn du willst, aber ich wusste, dass du irgendwann hier leben wirst, auch wenn mir andere Umstände lieber gewesen wären.

Happy Birthday, mein Engel.«

Er öffnet die Tür und schiebt mich in das Zimmer.

Ich traue meinen Augen kaum.

Er hat mir ein Bücherzimmer eingerichtet! Meine eigene kleine Bibliothek!

Ich stehe in der Mitte des Raumes, und drehe mich einmal um die eigene Achse.

Direkt gegenüber von der Tür, durch die ich hereingekommen bin, befindet sich wieder eine gigantische Wand aus Fenstern, die sich über mehrere Meter zieht. Links und rechts von mir stehen bestimmt auf jeder Seite 10 Regale, in denen schon ein Paar Bücher stehen, genau wie ein großer flauschiger Sessel, der ein Vermögen gekostet haben muss.

Er besitzt einen integrierten Getränkehalter links und rechts eine integrierte E-Reader Halterung, in der ein verdammter E-Reader befestigt ist! Ich habe mir so etwas schon immer gewünscht. So viele Bücher, die ich unbedingt lesen wollte, wurden nie gedruckt und Jake meinte, da er mir schon ein Zimmer für mein Hobby machen lassen würde, brauche ich so etwas nicht auch noch wollen. Also war ich gezwungen alles auf meinem kleinen Handybildschirm zu lesen. Tränen lassen mir die Sicht auf meinen neuen Lieblingsort verschwimmen.

Ich drehe mich zu ihm um und springe in seine Arme.

Er hebt mich hoch, sodass ich meine Beine um seine Hüften schwinge und beginne sein gesamtes

Gesicht mit federleichten Küssen zu bedecken.

»Ich danke dir, Killian. Ein so schönes Geschenk, habe ich noch nie bekommen. Danke, danke vielmals!«

»Nicht der Rede wert, mein Engel. Ich würde alles tun, um dich glücklich zu machen, auch wenn man das von so einem harten Kerl wie mir nicht denkt, also behalt es für dich, die Wahrheit schadet meinem Ruf.«

Ich kann mich vor Lachen kaum noch halten, ich bin ihm so, so dankbar für alles, dass ich es kaum in Worte fassen kann.

»Das wird unser Geheimnis bleiben, keine Sorge. Niemals wird an die Außenwelt kommen, dass mein Freund ein Softie ist.«

Ich schlage mir die Hand vor den Mund, was habe ich denn gerade gesagt?

»Wenn ich mir das recht überlege, gefällt es mir sehr, wenn meine Feinde wissen, dass ich jeden umbringen werde, außer meine Freundin.«

Ich lehne mich etwas zurück, und schaue in sein strahlendes Gesicht.

»Du hast es von allein gesagt, mein Engel, ich habe dir gesagt, irgendwann kommt der Tag, an dem du von selbst auf mich zukommen wirst.«

Er hat recht! Er hat es prophezeit, ich werde von selbst auf ihn zukommen, ich werde die sein, die ihm in die Arme fallen wird.

»Du gehörst mir, mein Engel und jeder wird es

erfahren. Warte, ich habe noch etwas für dich.«

Noch mehr Geschenke?

»Killian, du hast mir schon zu viel geschenkt.«

»Das war für deinen Geburtstag, jetzt kommt dein Weihnachtsgeschenk.«

Er geht zu einem der Bücherregale und holt eine kleine Schachtel hervor. Vor mir bleibt er stehen und wippt nervös von einem Fuß auf den anderen.

Ich nehme ihm das Geschenk ab und öffne es zögerlich.

Im Inneren der Schachtel befindet sich ein kleiner, mit Diamanten besetzter Engel, der auf einem Armreifen sitzt.

»Oh mein Gott, Killian! Ist das der Engel von deinem Tattoo?«

Er nickt verlegen, und reibt sich den Nacken.

»Ich wollte dir etwas schenken, was uns verbindet. Ich konnte dir ja schlecht einen Tattoo-Gutschein machen.«

Wieder muss ich, wegen seiner lockeren, aber dennoch verlegenen Art, lachen.

Er holt den Armreifen aus der Schachtel und legt ihn mir an.

Die Diamanten funkeln im Licht der Deckenlampe in alle Richtungen.

Jetzt fällt mir auf, dass ich immer noch die Kette trage, die mir Jake geschenkt hat, genau wie meinen Verlobungsring. Die Kette reiße ich mir vom Hals, was einen brennenden Schmerz verursacht, den Ring streife ich ab, laufe zum Fenster, öffne es und werfe beides hinaus.

Sofort fühlt es sich an, als würde mir eine große Last von den Schultern fallen.

»Ich kann es irgendwie immer noch nicht glauben das du hier bist, mein Engel.«

Killian stellt sich hinter mich und schlingt seine Arme um mich.

Es kommt mir alles so surreal vor, ich stehe hier mit dem Mann, der nicht mein Verlobter ist. Mit dem Mann, der jetzt sowas wie mein Freund ist, von dem mein Verlobter nichts weiß und dass nachdem ich von seinem neuen Boss missbraucht wurde, auf eine ganz bestialische Art und Weise.

»Sollen wir schlafen gehen?«, fragt Killian müde.

Ich drehe mich in seiner Umarmung zu ihm und kuschle mich an seine starke Brust.

»Ja, aber vorher brauch ich etwas gegen die Schmerzen.«

Er schiebt mich ein Stück von sich und sieht mich eindringlich an.

»Lass mich bitte sehen, ob du blutest. Ich sollte einen Arzt kommen lassen. Fuck, wieso habe ich nicht früher daran gedacht?«

Er hebt mich hoch, trägt mich in mein Badezimmer und setzt mich vor dem Toilettensitz ab.

»Ich weiß, es ist vielleicht seltsam, was ich jetzt verlange, aber würdest du bitte versuchen zu pinkeln?«

Er dreht sich weg, ohne meine Antwort abzuwarten, während ich mir die Pyjamahose ausziehe, die ich mir vorhin schnell übergezogen hatte und setze mich auf die Toilette.

Minuten vergehen und nichts passiert. Er macht mich viel zu nervös.

»Killian, kannst du bitte rausgehen? Ich kann mich nicht konzentrieren.«

»Du sollst pinkeln und keine mathematische Gleichung lösen, aber gut, ich bin weg.«

Lachend verlässt er das Badezimmer und sofort kann ich Wasser lassen. Heilige Scheiße brennt das!

Nachdem ich meine Blase geleert hab, schaue ich auf das Toilettenpapier und zu meinem Glück ist es sauber.

Keine Blutung, kein Arzt!

Ich verlasse den Raum, steuere das Schlafzimmer an und finde Killian nur in Boxershorts bekleidet auf dem Bett liegen.

Er gibt so ein göttliches Bild ab.

Er hat einen Arm unter seinem Kopf abgelegt und seinen anderen hat er mit dem Ellbogen auf der Matratze abgestützt und schaut in sein Handy.

Als er mich bemerkt, sieht er zu mir auf, sein Blick ist so voller Wärme, das ist mir bisher noch nicht aufgefallen.

»Und? Sei ehrlich bitte, ich weiß das du wahrscheinlich nicht zum Arzt willst, aber es ist wirklich wichtig. Damit ist nicht zu spaßen!«

Ich klettere zu ihm aufs Bett und kuschle mich an seine Brust.

Er legt die Hand, in der er immer noch sein Handy hält über meine Taille und wartet auf eine Antwort, sowohl von mir als auch von seinem Handy.

»Ich blute nicht. Scheinbar hat er keine starken inneren Verletzungen verursacht. Was ist das?«

Ich deute mit dem Kopf auf sein Handy, auf dem er eine seltsame App geöffnet hat.

»Nennen wir es meinen Arbeitsplan. Seit du in mein Leben getreten bist, habe ich mir… naja Urlaub genommen. Jetzt steht ein neuer Auftrag an, von dem ich glaube, dass er mit den Bikern zu tun hat, hier schau mal.«

Dass er so offen mit mir darüber redet, habe ich nicht erwartet. Er reicht mir sein Handy und ich lese mir den Auftrag durch.

Es geht um einen Doppelmord, ein Mann wurde mit durchgeschnittener Kehle in einem Käfig gefunden, neben ihm eine zu Tode geprügelte Frau.

Ich scrolle weiter nach unten, um den Bericht weiter zu lesen, als Killian mir die Augen zuhält.

»Nicht, mein Engel, die Bilder willst du nicht sehen.«

Ich schüttle seine Hand weg und bereue es im nächsten Moment sofort, denn ich kenne diesen Mann. Ich setze mich ruckartig auf und laufe wie von Sinnen durchs Zimmer. Ich schaue mir die Bilder immer und immer wieder an, weil ich mir genau vorstellen kann, was da passiert ist.

»Ich habe doch gesagt, du sollst dir das nicht anschauen, verdammt!«

»Das ist es nicht, Killian! Ich kenne diesen Mann! Das ist Caleb, Jakes Cousin, schau dir die Frauenleiche an. Was fällt dir auf?«

Er setzt sich auf die Kante des Bettes und zieht mich auf seinen Schoß.

Ich halte ihm das Handy vor die Nase, nachdem ich an die Frau rangezoomt habe.

»Ich versteh nicht ganz, was ich sehen soll, außer einer zu Tode geprügelten Frau.«

»Killian, schau richtig hin. Sie trägt eine Perücke! Hier, schau genau hin. Sie ist eigentlich blond, trägt aber eine Perücke in der Farbe meiner Haare!

Sie ist auch gekleidet wie ich!«

Er reißt mir das Handy aus der Hand und klebt es sich fast vor die Augen.

»Du solltest überlegen, dich bei der Spurensicherung zu bewerben, solange du dich von meinen Tatorten fernhältst. Du bist gut, mir wäre das niemals aufgefallen. Wie bist du darauf gekommen danach zu schauen?«

»Ich habe das mal in einem meiner Bücher gelesen. Schaue immer dort nach, wo es kein anderer machen würde.«

Den Blick, den er mir zuwirft, ist voller Stolz.

»Und was denkst du, Detektiv, was hat es mit dieser Szene auf sich?«

Ich entferne mich von ihm und setze mich im Schneidersitz in die Mitte des Bettes.

Es kommt mir vor, als wäre ich in meiner eigenen True-Crime Serie.

»Also bevor ich mit Jake zusammengekommen bin, hatte ich zwei Dates mit Caleb. Er war freundlich, zuvorkommen und kam mit jedem gut aus, das komplette Gegenteil von Jake.

Als ich letzten Endes dann doch mit Jake zusammenkam, drehte Caleb durch. Er hatte wahrscheinlich schon Hochzeitspläne geschmiedet, denn er sprach davon, dass ich ihn betrogen hatte. Wie dem auch sei, bei jeder Gelegenheit, die sich ihm bot, kam er mir zu Nahe. Er versuchte mich zu küssen, mich anzufassen oder schrie über den Schulhof, Jake solle seine Finger von seiner Freundin nehmen.

Mit der Zeit wurde Jake eifersüchtiger, es ist noch gar nicht so lange her, dass er verlangt hatte, dass ich die Schule abbreche, da ich mich zu lange mit meinem Professor unterhalten habe.

Egal ich schweife wieder ab.

Caleb kam an einem Tag zu mir in den Laden und wollte noch eine Chance. Er kam mir wieder zu Nahe und genau in diesem Moment kam Jake dazu und hat alles falsch verstanden. Er verprügelte seinen Cousin und verpasste mir eine Ohrfeige. Ich glaube, dass Aaron irgendwie davon mitbekommen haben muss und diese Szene, was auch immer das für eine war, wurde zu seiner Prüfung.«

Er hat sich mittlerweile in dieselbe Position gesetzt wie ich und sieht mich interessiert an.

»Ich glaube du hast Recht, mein Engel. Das letzte Mal, als er jemanden umgebracht hat, war ich dabei. Ich bin mir sicher, sie haben ihn irgendwie hinters Licht geführt und ihn in dem Glauben gelassen, ihr hattet was miteinander…«

Wie immer, wenn er nervös wird, kratzt er sich im Nacken.

»Freya, wenn er es war, dann wird er nicht ruhen, bis er dich unter die Erde gebracht hat…«

Sein Satz wird durch das Klingeln meines Handys unterbrochen. Zögerlich greife ich nach meiner Tasche, die sich neben dem Nachttisch befindet und hole mein Handy heraus.

»Es ist Jake, was soll ich tun?«

»Geh ran, mein Engel. Du bist bei mir, er kann dir nichts mehr tun. Sag ihm, was Sache ist.«

Ich nicke und nehme den Anruf des Teufels an.

Kapitel 16

Freya

»Baby? Wo steckst du, wieso bist du nicht zu Hause?«

Sein freundlicher Ton macht mir Angst, ich habe damit gerechnet, dass er mich anbrüllen wird, doch nicht mit der Ruhe selbst.

»Ich bin weg, Jake. Und ich komme nicht wieder, du hast…«

Schallendes Lachen unterbricht mich.

»Ich habe was, Freya? Du kommst jetzt nach Hause und wir vergessen, dass du gerade dabei bist einen riesigen Fehler zu begehen. Denn glaube mir eins, Baby, wenn ich dich holen muss, wird es nicht schön werden.«

Auch wenn ich weiß, dass ich bei Killian in Sicherheit bin, bildet sich eine Heidenangst in meinen Inneren. Ein Blick in die Richtung meines Freundes reicht, um den Mut zu fassen, alles zu beenden.

»Nein, ich werde nicht zurückkommen, die Verlobung ist aufgelöst. Was auch immer gerade für ein Scheiß bei dir abgeht, ich will damit nichts zu tun haben.

Du hast mich vergewaltigt, mich mehrmals geschlagen und zugelassen das Aaron unaussprechliche Dinge mit mir getan hat. Wäre K…«

Erneut blicke ich in seine Richtung und er bedeutet mir, mit einem Nicken, dass ich meinen Satz beenden soll.

»Wäre Killian nicht dazwischen gegangen, wäre ich jetzt wahrscheinlich nicht mehr am Leben. Es ist vorbei Jake, endgültig!«

Es vergehen Sekunden, die sich wie Stunden anfühlen, in denen er nichts sagt. Ich schaue auf den Bildschirm, um sicherzugehen, dass der Anruf überhaupt noch läuft.

»ES IST MIR SCHEIß EGAL WAS AARON MIT DIR GEMACHT HAT! DU BIST EIN NICHTS OHNE MICH! DU HAST WEDER GELD NOCH EINEN ORT AN DEM ICH DICH NICHT FINDEN WERDE.

ALSO KOMM BESSER JETZT ALS IN 5 MINUTEN ZURÜCK! ICH WARNE DICH, FREYA. ICH BRING …«

Killian reißt mir wutentbrannt das Handy aus der Hand.

»So du Pisser, jetzt hörst du mir genau zu! Wenn du es auch nur wagst meiner Frau einen Schritt zu nahe zu kommen, reiße ich dir das Rückgrat heraus. Wenn du es wagst, noch eine Drohung gegen sie auszusprechen, schneide ich dir deine Zunge heraus und schiebe sie dir danach in deine Fickfresse! Freya hat ein Dach über dem Kopf, genauso wie ein prallgefülltes Konto. Verbrenn ihre Sachen und schmor am besten gemeinsam mit ihnen in der Hölle. Du wirst sie nie wieder sehen und wenn doch, dann als Geist an deiner Beerdigung.«

»DU HURE! DU HAST EINEN ANDEREN?! ICH BRING DICH UM FREYA! ICH REIßE DICH IN STÜCKE!«

Bevor er weitere Drohungen aussprechen kann, nehme ich das Handy an mich und lege auf.

»Er wird mich nicht finden, oder? Du wirst es nicht zulassen, nicht wahr? Killian, ich hab Angst.«

Er zieht mich besitzergreifend in seine Arme.

»Wenn es bedeutet mein Leben für deins einzutauschen, werde ich es tun. Wenn es bedeutet dich bis zu meinem letzten Atemzug zu beschützen, werde ich es tun. Du bist bei mir sicher, mein Engel, hier in unserem Zuhause werden sie dich niemals finden.«

Jedes Wort, das seine Lippen verlässt, bestätigt mir, dass es die richtige Entscheidung war, mit ihm zu gehen. Er gibt mir das Gefühl, dass in seiner Welt ich das Wichtigste bin, kein Geld, keine Macht oder sein Ansehen.

Nur ich.

Jetzt steht es fest.

Für mich ist es genauso.

Ich sehe nur ihn, genau wie er es vorausgesagt hatte. Ich schlinge ihm meine Arme um den Nacken, ziehe ihn an mich heran und lehne meine Stirn gegen seine.

»Ich glaube, ich bin drauf und dran mich in dich zu verlieben.«

Sein gesamter Körper spannt sich wegen meiner Worte an. Scheiße, hab ich gerade einen großen Fehler gemacht?

»Das war doch dein Ziel, oder? Ich meine, was sollte sonst hinter all dem ganzen stecken?«

Das ist doch Bullshit! Erst will er das ich ihm verfalle und jetzt tut er so, als hätte ich ihm einen Antrag gemacht. Vielleicht habe ich mich ja getäuscht, vielleicht war das doch nicht sein Ziel.

Ich versuche mich aus seiner Umklammerung zu befreien, jedoch ohne Erfolg. Kilians Griff um meine Taille wird immer fester. Oh nein!

»Wo willst du hin, mein Engel? Denkst du ich lasse dich jetzt noch einen Millimeter aus diesem Bett verschwinden, nach dem du mir das gesagt hast, von dem ich nie geglaubt habe es zu hören?«

Ist das jetzt gut oder schlecht?

»Ich glaube, nein, ich weiß, dass ich das erste Mal in meinem Leben sagen kann, dass ich eine Frau wirklich liebe. Eine Frau, die nicht zu meiner Familie gehört. Meine Frau. Mein Engel. Meine Freya.«

Okay, das wars. Ich schaffe es nicht meine Tränen aufzuhalten. Ich spüre die Wahrheit seiner Worte, bei jedem Herzschlag.

Killian wischt mit seinem Finger die Tränen aus meinem Gesicht und legt sich zusammen mit mir hin.

»Lass uns schlafen, mein Engel. Der Tag war die Hölle.«

Ich kuschle mich an ihn und brauche nicht lange, um unter seinen Streicheleinheiten, seinem Geruch und seiner Wärme in einen tiefen Schlaf zu fallen.

. . . .

Killian

Ich habe es wirklich geschafft! Du liegst hier, in meinem Zuhause, in meinem Bett und bist in meinen Armen eingeschlafen. Ich kann es nicht glauben! Aber, egal wie schön diese Situation auch sein mag, ich muss dich jetzt leider alleine lassen. Vorsichtig versuche ich dich von mir zu schieben, in der Hoffnung das du nicht aufwachst.

Ich habe einen Auftrag und ich bin verdammt froh, dass du vorhin nicht weiter nachgefragt hast, denn wenn sich meine Vermutung als richtig erweist, ist es nur noch eine Frage der Zeit und die Biker sind Geschichte.

Schnell ziehe ich mich an, greife nach meinem Schlüssel und werfe nochmal einen Blick auf meine schlafende Schönheit.

Ich bin definitiv ein Glückspilz und ich werde mein Glück beschützen! Mit allen Mitteln!

Eine halbe Stunde später, komme ich an einer düsteren Waldeinfahrt an. Noch nie bin ich derart bewaffnet zu einem Treffen mit einem meiner Auftraggeber gefahren, doch hier könnte es sich genauso gut um eine Falle handeln.

Ich kann mir keinen Fehler erlauben, du gehörst offiziell mir!

Ich darf nicht sterben.

Ich steige aus und setze mich auf die Motorhaube meines Wagens, so habe ich wenigstens die Umgebung vor mir im Blick.

Aus einer etwas weiter entfernten Richtung sehe ich jemanden auf mich zukommen. Jemand der sich nervös durch die Haare fährt und sich immer wieder umschaut.

Er kommt immer näher und bestätigt meine Vermutung.

»Ich wusste es! Als ich dich das erste Mal gesehen habe, kamst du mir seltsam rüber. Der Auftrag, Aaron und Jake zu töten, brachte mich meiner Vermutung näher. Du bist eine Ratte.«

Vor mir steht Gail, die rechte Hand des Präsidenten höchstpersönlich und schüttelt mir die Hand.

»Kilian, freut mich dich offiziell kennenzulernen. Ich bin Special Agent Morgan- Gail Jakobs. Ich arbeite seit 15 Jahren als verdeckter Ermittler beim FBI und vor sechs Jahren bin ich Undercover beim MC eingeschleust worden, denn es bestand der Verdacht, dass mit der Leitungsänderung, die Tür zum

Menschenhandel geöffnet wurde. Bis jetzt habe ich davon nichts zu hören bekommen…«

»Was willst du von mir? Du weißt, wer ich bin und was ich mache, wieso verhaftest du die beiden nicht einfach?«

Wieder beginnt er sich nervös umzusehen.

»Das wäre eine Möglichkeit, jedoch eine sinnlose. Ich weiß was für Anwälte Aaron bezahlt, kein Gericht der Welt würde es schaffen ihn hinter Gitter zu behalten. Es muss einen anderen Weg geben, um das alles zu beenden, denn das, was sich heute Abend abgespielt hat, geht zu weit! Bitte, Killian, die beiden müssen gestoppt werden! Du bist der Einzige, der es schaffen würde. Ich gebe dir im Gegenzug volle Straffreiheit, eine neue Identität für dich und die Kleine, die bei dir eingezogen ist.«

Shit, woher weiß er das, mein Engel?

Wird er schweigen oder wird er es den anderen sagen?

»Guck nicht so schockiert. Ich bin ein Mann des Gesetzes, Killian. Ich weiß schon die ganze Zeit, wo du wohnst, wer die zwei Killerladys sind, die Aarons Alten erschossen haben. Ich weiß alles über dich, habe es aber nie für nötig gehalten dich zu verraten. Ich möchte mit dir zusammenarbeiten. Wir müssen diese Monster stoppen! Mit der heutigen Prüfung hat Aaron ein neues Monster erschaffen und ich glaube nicht einmal der Schattenkiller wird ihn aufhalten können, wenn es darum geht seine Verlobte zurückzuholen.«

Das werde ich nicht zulassen!

»Ich bin dabei. Ich will das ihr Vater auch eine neue Identität bekommt, am besten verwandelst du uns in Europäer. Ich werde deine Probleme beseitigen, genau wie du meine. Wir haben einen Deal.«

Eigentlich arbeite ich nicht mit dem Gesetz.

Ich erschaffe meine eigenen Gesetze, doch ich muss dich schützen!

Auch wenn ich dafür meine Ehre verkaufe.

»Ich werde dir einen verschlüsselten Chatroom des FBI zu Verfügung stellen, dort lasse ich dir alle zukünftigen Deals, Treffen oder anderes, was ihren Standort preisgeben wird, zukommen. Was du daraus machst, ist deine Sache. Ich vertraue auf dein Können.

Wir hören uns.«

Er verschwindet in die gleiche Richtung, aus der er gekommen ist und lässt mich verwirrt zurück.

Ist das wirklich eine gute Idee, mein Engel?

Das Klingeln meines Handys bringt mich zurück in die Realität.

Unbekannter Anrufer. Die Pflicht ruft.

»Ja, hallo?«

»Killian, ich bin es, Andrew. Vor meiner Türe stehen einige Prospects. Ich habe keine Waffen zuhause. Wärst du so freundlich«

»Ich bin gleich da«, unterbreche ich ihn. Was wäre ich für ein Freund, wenn ich deinem Vater nicht zur

Hilfe komme? Das wird ein Spaß!

Ich steige ein, lasse den Motor aufheulen und rase in die Richtung deines Elternhauses.

15 Minuten später verschaffe ich mir Zugang durch die Hintertüre und stoße mit einem wütenden Andrew zusammen.

»Du Idiot! Ich hätte dich gerade fast abgestochen!«

Er lässt das Messer fallen, mit dem er auf mich zukam.

»Ganz unbewaffnet bist du nicht. Seit wann sind sie hier«

Er schüttelt genervt den Kopf.

»Seit einer Stunde. Sie versuchen die ganze Zeit einen Weg rein zu finden, aber ich sag dir was mein Freund, Aaron hat mir die unfähigsten Idioten geschickt, die er auf Lager hatte. Die Eingangstür ist offen und sie haben es nicht mal gemerkt.«

Lachend laufen wir gemeinsam zu dem Fenster im Wohnzimmer, damit ich mir einen Eindruck über die Situation machen kann.

7 Prospects laufen vor dem Haus auf und ab.

Zu meinem Pech ist es eine gut bewohnte Straße. Die Nachbarn könnten denken, sie wären zum Schutz der Anwohner platziert worden.

Keiner von ihnen hat eine Waffe in der Hand. Auch gut. Wird leichter sie zu überwältigen. Nur wo?

»Du kannst sie nicht direkt vor dem Haus

erledigen, ich hoffe das ist dir klar. Es wird schon Fragen aufwerfen, wieso sie überhaupt hier sind.«

Einer der Affen klopft an die Tür, ich baue mich schützend vor deinem Vater auf, mein Engel, ich werde nicht zulassen das ihm jemand weh tut.

Jedoch dürfen wir eines nicht aus den Augen verlieren, er verheimlicht uns immer noch etwas.

»Bitte, Mister, seien sie vernünftig. Geben sie uns die Kleine und nichts wird passieren. Versprochen, der Boss will sie nur wohlauf in seiner Nähe wissen.«

Bingo! Jetzt schauen wir mal, ob sie wirklich so hirnlos sind.

»Stell dich an die Treppen und ruf nach Freya, sag ihr sie soll schauen, ob der Hintereingang verschlossen ist und sich danach im Keller verstecken.«

Er scheint zu wissen, was ich vorhabe und nickt.

Dein Vater geht auf Position und tut genau, was ich gesagt habe, während ich die Idioten im Blick behalte.

»Hab keine Angst, Freya! Sie können dir nichts tun! Verriegele die Hintertür und versteck dich im Keller!«

Wie ich es erwartet habe, rennen sie um das Haus herum.

»Schonmal jemanden umgebracht?«

Dein Vater nickt leicht und geht mit seinem Messer, dass er zuvor aufgehoben hat, in den Keller.

Als ich sicher bin, dass die Prospects im Haus sind, folge ich deinem Vater in den dunklen Keller.

Dort angekommen, sehe ich ihn wie einen Psycho in der Mitte des Raumes auf einem Stuhl sitzen.

»Sie muss die Wahrheit erfahren, Killian. Sorg dafür und bring sie dorthin, wo sie hingehört. Wenn ihr dort alles geklärt habt, komme ich nach. Und jetzt, lass uns ein Paar Wichser abschlachten! Ich hoffe du kümmerst dich danach um die Unordnung.«

Ich schüttle lachend den Kopf und verstecke mich hinter einem Balken.

»Komm schon, Kleines, wir werden dir nicht wehtun. Du musst nur mitkommen. Wenn wir ohne dich ankommen, rollen unsere Köpfe.«

Die versammelte Mannschaft steigt die Treppen hinunter und ich kann sehen, wie Andrew seinen Kopf hebt, mir zunickt und aufsteht.

»Eure Köpfe rollen so oder so. Keiner von euch, wird jemals an meine Kleine rankommen!«

Dein Vater holt aus und haut mit einem Schlag, gleich zwei Prospects zu Boden.

Wow, er ist gut!

Ich springe aus meinem Versteck und lande ebenfalls zwei Treffer.

Sofort liegen insgesamt 4 von Aarons Männern am Boden, zwei andere haben deinen Vater im Griff. Ich renne los, haue dem einen meine Faust in die Fresse, gehe zu Boden, schnappe mir das Messer und steche dem anderen direkt ins Auge.

Ein verdächtiges Klicken ertönt hinter mir. Vorsichtig drehe ich mich um und schaue direkt in den

Lauf einer Waffe.

»Bye bye, Schattenkiller.«

Bevor er es schafft den Abzug zu drücken, spritzt mir eine Menge Blut ins Gesicht.

»Gott, Andrew! Ich habe nicht gedacht, dass so ein kranker Psycho in dir steckt!«

Verdammt, mein Engel, dein Vater ist echt nicht ohne.

Er hat dem Typ einfach den Kopf mit einer Axt gespalten!

»Dank mir später. VORSICHT!«

Ich schaffe es gerade noch mich zu ducken, als einer derjenigen, die zuvor am Boden lagen, einen Hammer in meine Richtung wirft.

Das nervt! Ich will zurück zu dir! Jetzt wird kurzer Prozess gemacht.

Ich ziehe meine Waffe und erschieße einfach alle.

»Na das hätte ich auch alleine geschafft.«

Ich stimme in sein Lachen ein, als er mir auf die Schulter klopft.

»Danke für alles, Killian. Ich habe noch eine bitte an dich, sei für sie da, wenn sie die Wahrheit erfährt.«

Ich nicke und wir begeben uns wieder ins Obergeschoss.

»Ich lasse dir eine Putzkolonne kommen. Wir sehen uns.«

Während ich zum Wagen laufe, rufe ich meine Putzkolonne an und gebe ihnen das Ausmaß der Arbeit und die Adresse durch.

Zu Hause angekommen, höre ich im Eingangsbereich dein Schreien.

Wie von Sinnen, renne ich ins Schlafzimmer.

Schweißgebadet liegst du zu zusammengekrümmt auf dem Boden.

Mir wurde zwei Mal im Leben das Herz aus der Brust gerissen und jetzt, genau in diesem Moment, während ich dich zitternd am Boden liegen sehe, bricht es so sehr, wie ich es nie für möglich gehalten hätte.

Kapitel 17

»**W**ach auf, mein Engel. Es ist nur ein Traum, du bist bei mir, du bist zuhause. Du bist in Sicherheit!«

Ich bin bei Killian, ich bin zuhause. Ich bin in keinem Keller, in dem ich von zwei maskierten Männern geschlagen und missbraucht werde. Ich schlinge meine Arme um seinen Nacken.

»Gott, es war so schlimm. Sie haben mich überall berührt, mich geschlagen und angespuckt. Killian, ich habe solche Angst.«

Ich kann einen metallischen Geruch wahrnehmen und merke erst jetzt, dass er angezogen ist.

»Warte, wo warst du?«

»Ich erzähle dir morgen alles, mein Engel. Komm lass uns schlafen.«

Er setzt mich ab, steht auf, zieht sich wieder bis auf die Boxershorts aus und legt sich zu mir.

Ich kuschle mich an ihn und diesmal falle ich in einen wohltuenden, friedlichen Schlaf.

. . . .

Seit meinem Einzug sind mittlerweile sechs Tage vergangen. Killian hat mir am Morgen, nach der Nacht meines sehr realistischen Traumes, die Ereignisse des Abends erzählt.

Ich weiß nicht, was mich mehr schockiert hat, dass mein Vater einem Mann mit einer Axt den Schädel gespalten hat oder dass Gail ein Undercover Cop ist.

Von den beiden Vorfällen habe ich mich körperlich recht gut erholt, nur mental nicht. Meine Gedanken driften immer wieder zu den jeweiligen Situationen, doch durch Killian werden die Flashbacks immer weniger.

In den letzten Tagen hat Jake mich nicht einmal versucht zu erreichen, aber irgendwie, traue ich dem Frieden nicht, nicht nach seinem Ausbruch.

Wir haben die letzten Tage damit verbracht die Tagebücher meiner Mutter zu lesen, doch bis auf die Kennenlerngeschichte meiner Eltern, war nichts Brauchbares dabei.

Wir haben bereits 3 von 5 Büchern abgearbeitet und auch wenn noch nichts über mich darin steht, ist es schön etwas über meine Mutter zu erfahren.

Die Theorie, die Killian und ich dank dem Fernsehinterview hatten, hat sich bisher wieder in Luft aufgelöst.

»Gott, ne das geht zu weit, ich kann dieses Buch nicht lesen, mein Engel«, ertönt Killians angewiderte Stimme vom anderen Ende der Couch.

»Wieso, was stimmt denn nicht damit?«

»Ich werde bestimmt nicht Zeuge deiner Zeugung werden. Es tut mir wirklich leid, aber ich kann nicht.«

Sein Gesicht spricht Bände, ich kann mich vor Lachen kaum noch halten.

»Nicht witzig! Dein Vater ist nicht nur ein kranker Psycho, sondern scheinbar auch ein Hengst im Bett.«

Vor lauter Lachen fällt ihm das Buch aus der Hand, als ich ihn mit allen Kissen bewerfe, die ich in die Hände bekomme.

»Hör auf mich mit Kissen abzuwerfen und mach uns lieber was zu essen, Frau!«

Oh, jetzt hat er den Bogen überspannt! Ich springe mit voller Kraft auf ihn und haue ihm spielerisch mit den Fäusten in den Bauch.

»Okay, okay, ich ergebe mich! Legen sie ihre Beine hoch, eure Hoheit, ich gehe kochen.«

Ich krabble wieder von ihm runter und gebe ihm einen Klaps auf den Hintern, als er aufsteht, um in die Küche zu gehen. Ich habe schon lange nicht mehr so gelacht, wie in den letzten Tagen. Killian ist die ganze Zeit damit beschäftigt mich zum Lachen zu bringen. Er verwöhnt mich, wo er nur kann.

Gestern Abend hat er mir sogar eine Fußmassage gegeben!

Immer wieder bemerke ich, wie er mich aus der Ferne beobachtet und jedes Mal, wenn ich ihn darauf anspreche, sagt er, er könne sein Glück nicht fassen mich bei sich zu haben.

Ich kann es nicht leugnen.

Ich liebe ihn von ganzem Herzen.

Er hat mir zwei komplette Kleiderschränke gefüllt, nachdem er mich gedrängt hat, alles in den Warenkorb zu schieben, was mir gefällt.

Was er aber nicht weiß, ist das ich mir zu der normalen Unterwäsche auch das exakt gleiche schwarze Set gekauft habe, mit dem ich ihn letzte Woche überraschen wollte.

Ich schleiche mich ins Schlafzimmer, ziehe mich schnell um und beschließe kurzerhand das Mittagessen zu verschieben.

In meinem ungewohnten Outfit lege ich mich aufs Bett.

»Killian, kannst du kurz kommen«

Ich kann hören, wie er Besteck auf die Arbeitsplatte fallen lässt und herbei gejoggt kommt.

»Was ist los, mein Engel, was brauchst du…«

Er reißt die Augen so weit auf, dass sie ihm beinahe aus dem Kopf fallen.

»Was hast du vor?«

»Nach was sieht es denn aus? Ich vermisse dich, Killian, alles an dir.«

Er schüttelt den Kopf und fährt sich nervös durch die Haare.

»Nein, das geht nicht, mein Engel, ich will deinen Heilungsprozess nicht stören.«

Ich kann wirklich verstehen was in ihm vorgeht, aber ich will es. Ich brauche es.

»Du bist mein Heilungsprozess, Killian.

Ich vertraue dir und sobald es mir zu viel wird, lassen wir es.«

»Versprochen?«

»Versprochen.«

Er kommt langsam auf mich zu, bleibt direkt am Fußende des Bettes stehen und beugt sich über mich.

»Du bist perfekt, mein Engel.«

Er küsst sich einen Weg von meinen Füßen bis zu meinem Bauchnabel, knetet meine Brust und kommt meinen Lippen immer näher.

Mir wird immer heißer, ich spüre deutlich, wie mein Höschen nass wird.

»Küss mich«, flüstere ich, während ich ihn an den Haaren zu mir ziehe. Killian kommt meiner Bitte sofort nach und endlich prallen unsere Lippen wild aufeinander.

Über meinen gesamten Körper verteilt sich eine Gänsehaut.

Seine Küsse sind so voller Lust, Leidenschaft und Liebe, dass ich es nicht länger aushalte. Ich muss es endlich loswerden.

»Schlaf mit mir, Killian. Zeig mir, dass du mich genauso liebst, wie ich dich liebe.«

Er zieht sich so weit zurück das er mir direkt in die Augen sehen kann.

»Sag das nochmal.«

Mit einem Grinsen im Gesicht, tue ich was er sich wünscht.

»Ich liebe dich, Killian.«

»Ich liebe dich, Freya.«

Er fällt über mich her, wie ein Junkie über seine Drogen.

Ich kann seine Hände überall auf meinem Körper fühlen, bis er mich an den Hüften packt, mit sich zieht und ich plötzlich auf seinem Schoß sitze.

»Du hast die Kontrolle, mein Engel.«

Das war ein Fehler, denn ich habe vor ihn leiden zu lassen, wie er es bei mir getan hat, als er mich bei der Arbeit besucht hat.

Ich rutsche von seinem Schoß und ziehe ihm Hose samt Boxershorts herunter. Durch unsere Küsse ist er bereits steinhart.

Er entledigt sich seines Shirts und legt sich mit den Armen hinter dem Kopf verschränkt zurück in seine Position.

Langsam krabble ich zurück aufs Bett und bleibe zwischen seinen Beinen sitzen.

»Schließ die Augen, Baby«, sage ich leise und genieße den Anblick meines splitternackten Freunds.

Ich lecke mir über die Lippen und nähere mich seiner Erektion, nehme sie in die Hand und fahre mit meiner Zunge seine Länge entlang.

Ein Zischen entfährt ihm und bevor er protestieren kann, nehme ich ihn bis zum Anschlag in den Mund.

»Verfluchte Scheiße!«

Ich beginne immer fester an ihm zu saugen, bis ich

seine Lust schmecken kann.

»Freya, wenn du so weitermachst, dauert es keine 3 Minuten mehr und ich komme.«

Noch ein letztes Mal, nehme ich ihn komplett in mir auf und lasse seinen Schaft quälend langsam aus meinem Mund gleiten. Augenblicklich setzt er sich auf, doch bevor er die Sache beenden kann, setze ich mich schnell auf seinen harten Schwanz und lasse mich von ihm aufspießen. Es dauert einen kurzen Moment, bis ich mich an seine Größe gewöhnt habe, dann beginne ich mich auf ihm zu bewegen.

Er schlingt seine Arme um mich und stimmt in meine Bewegungen ein.

Die Luft um uns herum vermischt sich mit unserem abgehackten Atem, unserem Stöhnen und Liebe. Bedingungsloser Liebe.

»Mehr, ich will mehr«, raune ich in sein Ohr. Killian versteht, was ich meine, und befördert mich mit schnellen Griffen auf alle Viere. Er gönnt uns keine Verschnaufpause und dringt sofort mit einem gewaltigen Stoß wieder in mich ein.

Ein Schrei verlässt meine Kehle. Ich bekomme nicht genug.

»Killian, bitte, ich…härter.«

Kaum haben diese Worte meinen Mund verlassen, schlägt er mir mit der flachen Hand auf den Hintern und zieht mich grob an meinem Zopf nach hinten.

Seine Stöße werden immer fester, mein Schreien

immer lauter, genau wie sein Stöhnen und das Geräusch unserer aufeinander klatschenden Haut.

Immer näher und näher komme ich dem Abgrund, der sich vor mir zeigt, genau wie Killian, der langsam in mir zu zucken beginnt.

Er zieht meinen Kopf so weit nach hinten, dass er mich küssen kann.

»Ich liebe dich, mein Engel«, knurrt er an meine Lippen.

»Ich liebe dich, Killian, so sehr.«

Drei weitere Stöße von ihm und wir kommen beide heftig zum Höhepunkt. Würde er mich nicht umklammern, würde ich erschöpft zusammenbrechen. Als er sich komplett in mir entleert hat, zieht er sich aus mir heraus und dreht mich zu sich.

»Geht es dir gut, hast du Schmerzen«

Ich lege meine Hände auf seine Wangen und schüttle den Kopf.

»Mir ging es schon lange nicht mehr so gut.«

Ich kann sehen, wie ihm die Last von den Schultern fällt.

»Dumme Frage, aber nimmst du eigentlich die Pille?«

Scheiße! Die habe ich ganz vergessen!

»Seit ich hier bin nicht mehr. Es tut mir leid, ich werde mir morgen die Pille danach verschreiben lassen.«

»Musst du nicht, wenn du nicht willst.«

Verblüfft sehe ich ihn an. Will er etwa?

»Ich meine es ernst, mein Engel. Sobald wir unsere neuen Identitäten haben, gehen wir weg und fangen von vorn an. Ich höre auf mit dem Töten und suche mir einen normalen Job. Freya, ich will ein echtes, sicheres Leben mit dir. Ich will keine Angst um dich oder unsere Kinder haben, wenn ich um die Häuser ziehe und irgendwelchen Abschaum beseitige.«

Ich kann nicht glauben, was ich gerade höre. Er würde alles für mich aufgeben? Sein Familienwerk?

»Schau mich nicht so an, mein Engel. Das alles ist mir nichts wert, im Vergleich zu dir. Was ich eigentlich mit all dem sagen wollte, wenn du die Pille nicht nehmen willst, dann tu es nicht.«

Ich habe diese Pille noch nie richtig vertragen, oft habe ich sie nicht genommen, weil ich auf die Nebenwirkungen keine Lust hatte, habe mir aber danach direkt am nächsten Morgen, als Jake noch geschlafen hat, die Pille danach gekauft. Ich bin eigentlich recht froh, dass Killian das Thema angesprochen hat. Ich habe mich nicht getraut zu fragen, wie er sich eine Zukunft mit mir vorstellt, aber er scheint alles bereits geplant zu haben.

»Komm, lass uns essen machen, du hast mich sehr gefordert.«

Er lacht kopfschüttelnd und hilft mir beim Aufstehen.

Gemeinsam machen wir uns auf den Weg in die Küche und bereiten die bereits angefangene Lasagne fertig zu.

»Hast du dir schon überlegt, wo du hin willst?«

So wie ich ihn bis jetzt kennengelernt habe, hat er sich bereits mehrere Häuser ausgesucht.

»Ich habe an Europa gedacht. Da wir deinen Vater mitnehmen, habe ich Spanien in Erwägung gezogen. Hast du denn einen speziellen Wunsch, mein Engel?«

Während ich die Tomatensauce vorbereite, denke ich intensiv darüber nach, wo ich mich in 5 Jahren sehe, doch das Einzige, was ich sehe, sind Killian und mein Vater.

»Also mir ist es egal wo wir hingehen, ich will nur mit euch zusammen sein. Ihr seid alles, was mir geblieben ist.«

Er schlingt seine Arme von hinten um mich und vergräbt seinen Kopf in meinen Haaren, die einem Vogelnest gleichen.

»Nicht ganz, es gibt zwei Damen, die dich unbedingt kennenlernen wollen und uns heute Abend besuchen kommen.«

Vor lauter Freude lasse ich den mit Tomatensauce gefüllten Kochlöffel fallen und drehe mich zu ihm. Er hebt mich mit einem Ruck auf die Arbeitsplatte und sieht mir direkt in die Augen.

»Ich hoffe das ist okay für dich…«

»Ja, ja, ja, ich wollte die beiden ohnehin kennenlernen. Sie können mir bestimmt viele Geschichten über den kleinen Killian erzählen. Ich kann es wirklich kaum erwarten sie zu treffen, ich freue mich wirklich, danke, dass du deine Cousinen eingeladen hast.«

Den Kochlöffel hat er inzwischen aufgehoben und abgewaschen.

»Lass uns das letzte Tagebuch anfangen, solange die Lasagne im Ofen ist. Wenn Bri und Ana die sehen, dann wollen sie wie immer Detektiv spielen.

Sie haben einmal versucht, in einem Erpresserbrief nach einem Morsecode zu suchen.«

Ich halte mir vor Lachen den Bauch, das könnte eine lustige Zeit werden.

Killian stellt den Timer, damit wir das Essen nicht vergessen und setzt sich an seinen Platz, den er immer besetzt, wenn wir die Tagebücher meiner Mutter lesen.

Diesmal setze ich mich direkt neben ihn, da wir das letzte Tagebuch vor uns haben und uns die Arbeit nicht aufteilen können.

Die ersten zwanzig Seiten gaben wieder nichts preis und kamen mir irgendwie wie ein Ende vor, doch gerade, als ich eine Pause machen will, beginnt eine Seite die direkt an mich gerichtet ist.

Nervös schaue ich Killian an, der mich genauso anblickt. Ich nehme all meinen Mut zusammen und beginne die erste Seite zu lesen.

Meine wunderschöne Tochter,

endlich ist es soweit! Endlich können dein Vater und ich das Geheimnis deiner Geschichte lüften.

Wir haben uns diesbezüglich oft gestritten, denn ich wollte das alles anders. Ich wollte dich nie weggeben müssen, doch das Schicksal meinte es nie gut mit uns.

Kannst du dir vorstellen, welche Angst ich in mir trage, deinen Hass zu spüren, wenn du diesen Brief liest und niemals deine Vergebung zu erhalten?

Genau in diesem Moment, sitzt du in London, mit der Liebe meines Lebens und feierst wahrscheinlich gerade, zusammen mit deinen Freunden, deinen 18ten Geburtstag.

Ich glaube, ich sollte mich erstmal vorstellen, ich bin Cayetana Garcia, die Königin von Spanien. Deine Mutter.

Der Geburtsname deines Vaters ist Hernan Garcia, er ist der Bruder des Thronfolgers Miguel Garcia, der wohl oder übel mein Mann ist und damit der König von Spanien.

Meine Familie hat sehr früh eine Allianz mit deinen Großeltern geschlossen, dass ich, als ihrer Meinung nach schönste Tochter der Familie, den Thronfolger von Spanien heiraten soll, der in diesem Moment noch dein Vater war.

Kurz vor unserer offiziellen Verlobung kam es zu einem Zwischenfall zwischen den Brüdern. Deinem Vater wurde der Anspruch auf den Thron verwehrt und somit wurde ich die Verlobte des Mannes, der nur böses im Sinn hat.

Du fragst dich jetzt bestimmt, wieso ich das getan habe, wieso ich mich Hernan trotzdem hingegeben habe und nicht, wie es von mir verlangt wurde, seinem Bruder treu ergeben war.

Das, meine Tochter, ist das Gesetz der Liebe und diese kennt kein richtig oder falsch. Das Herz weiß, was es will und bei mir war und ist es immernoch dein Vater.

Wir haben alles versucht, um dem Königlichen Hof von den Machenschaften deines Onkels zu erzählen. Doch wir stießen auf taube Ohren. Keiner konnte dem Thronfolger etwas anhaben.

Kurz nach meiner Verlobung erfuhr ich von meiner Schwangerschaft. Es konnte nur dein Vater gewesen sein, weil, wie du aus meinen Tagebüchern weißt, war er mein erster. Ich musste handeln, also habe ich deinen Onkel verführt und konnte so deinen Vater vor dem Tod bewahren. Auch wenn ich bereits einem anderen Versprochen war, trafen Hernan und ich uns weiter, bis mein zukünftiger Mann etwas vermutete.

Sofort ging ich auf Abstand, ich kenne Miguel am besten, ich weiß, dass er deinen Vater und dich getötet hätte, wenn er es gewusst hätte, also machte ich mir einen Plan.

Ich musste dich mit allen Mitteln beschützen und glaube mir, mein Schatz, mir war jedes Mittel recht, um dich in Sicherheit zu wissen.

Ich kam zu dem Entschluss einen Anschlag zu inszenieren, bei dem dein Vater ums Leben kommt, du verschwindest und ich schwer verletzt werde.

Es sollte nach Rache für meinen anscheinenden Betrug aussehen.

Hernan weigerte sich Wochenlang, gab aber letztendlich klein bei und besorgte euch beiden eine neue Identität.

Aus Hernan Garcia wurde Andrew Summers und aus Prinzessin Esperanza Gabriella Garcia wurde Freya June Summers.

Alles schien perfekt, bis wir nach einigen Jahren merkten, dass wir unter keinen Umständen zusammen sein können.

Mein Mann traut mir nicht über den Weg.

Er hasst mich, denn ich habe zugelassen, dass das Kind von dem er glaubt das es seines ist, entführt wird.

Ich lebe seit so vielen Jahren nur noch mit der Hälfte meines Herzens und ich wünsche mir nichts sehnlicher als deine Vergebung.

Nur einmal will ich dir in die Augen sehen können und dir sagen, wie leid es mir tut und wie sehr ich dich liebe, mein Kind. Ich weiß, ganz tief im Inneren, irgendwann wird dieser Tag kommen und dann verspreche ich dir, werde ich alles tun, um dich nicht mehr loslassen zu müssen.

Ich habe Hoffnung mein Schatz, genau aus dem Grund habe ich dir diesen Namen gegeben.

Te quiero Hija.

Es ist wahr! Es ist wirklich wahr, ich bin Esperanza Gabriella Garcia, die verschwundene Tochter des spanischen Königshauses.

Ich blinzle die Tränen, die mir die Sicht verschwimmen, weg und sehe zu Killian.

Er sieht genauso verwirrt und niedergeschlagen aus, wie ich mich fühle.

»Ich habe die Prinzessin von Spanien gestalkt. Glaubst du das wird mit dem Tod bestraft?«

Er schafft es nie ernst zu bleiben, doch genau das liebe ich an ihm. Unter Tränen fange ich an zu lachen und werfe mich in seine Arme.

»Sie lebt, Killian! Meine Mutter lebt!

Ich glaube ich bin einverstanden mit Spanien, ich würde sie sehr gerne irgendwie treffen.«

Er reicht mir mein Handy, welches neben ihm lag.

»Du solltest ihm sagen, dass du es weißt, mein Engel.«

Er hat recht, ich wähle die Nummer meines Vaters, der, wie immer, beim zweiten Klingeln abnimmt.

»Hallo Pumpkin, wie geht es dir?«

»Hernan Garcia also, ja? Ich meine, ist dir kein coolerer Name als Andrew eingefallen, Papsi?«

Am anderen Ende der Leitung ist ein Poltern zu hören, er war bestimmt gerade dabei, sich etwas zu essen zu machen.

»Pumpkin, es tut mir so unendlich leid, ich…«

»Nicht. Du musst dich nicht entschuldigen, Papsi,

271

ich verstehe dich und ich bin dir nicht böse, ich bin nur unendlich froh darüber, dass du wirklich mein biologischer Vater bist…«

Ich werde von einem lauten Knall unterbrochen.

Das gesamte Penthouse füllt sich mit Rauch. Ich kann nichts mehr sehen, außer ihn. Aaron. Der mit einem Tuch vor der Nase auf mich zukommt.

»Na, hast du mich vermisst, meine Schöne? Es war nicht leicht dich zu finden, weißt du.«

Der Rauch verschwindet immer mehr und ich werde von mehreren Händen zur Seite gezogen und spüre etwas Kaltes an meinem Hals. Ich kann vage das Schreien meines Vaters erkennen, der, zum Glück, immer noch in der Leitung ist.

Killian schnappt sich das Handy, steckt es in seine Hosentasche und versteckt das Tagebuch, in dem alles über meine wahre Identität steht, in der Ritze des Sofas und greift unter den Tisch, an dem wie ich gesehen habe, eine Waffe befestigt ist.

»Na, na, Killian, mach keine Dummheiten. Du wirst das hier nicht überleben. Deswegen lass uns doch erst mal reden. Sag mir, mein Freund, dachtest du wirklich ich bin so blöd? Dachtest du im Ernst, ich würde nicht wissen, dass meine rechte Hand ein verdeckter Ermittler ist? Killian, mal ehrlich, ich bin wie Gott! Ich sehe und höre alles. Ich weiß von eurem Deal. Der Idiot hat vergessen seine Schuhe zu wechseln, denn die, die er trug, waren mit einem versteckten Chip versehen, der mir alle Daten überspielt hat und direkt dein Handy gehackt hat.«

Ich kann in seiner Stimme hören, wie er übers ganze Gesicht grinst. Ich glaub das alles nicht, wieso? Wieso muss das passieren? Wieso muss das Leben mich so bestrafen, ich habe doch niemandem was getan.

»Lass sie los, Aaron.«

»Nein, das werde ich nicht. Wie du siehst, bist du alleine. Deine zwei Mäuse sind am Flughafen, in einer Kontrolle und schaffen es nicht rechtzeitig dir den Arsch zu retten. Und selbst wenn, wir sind zu viele.

Du wirst nicht gegen uns ankommen, vor allem nicht, wenn du verletzt bist.«

Was jetzt passiert, lässt mein Blut zu Eis gefrieren.

Jake tritt aus der Menge hervor, zieht eine Waffe und schießt Killian ins Bein.

»NEIN! NICHT! AARON ICH KOMME MIT! ICH TUE ALLES NUR LASS IHN AM LEBEN BITTE!«

Hinter mir spüre ich wie Aarons Körper vibriert. Er lacht, er lacht mich einfach aus. Trotz der Klinge an meinem Hals, versuche ich mich mit Händen und Füßen zu wehren, doch es bringt nichts, außer dass das Messer in mein Fleisch schneidet.

Killian steht mit blutendem Bein wieder auf und richtet seine Waffe auf Jake.

»Schön dich endlich wieder zusehen, Jake. Na, wie ist es zu sehen das deine Verlobte ihr Leben gegen meins tauschen würde? Es ist ein wundervolles

Gefühl von dieser Frau geliebt zu werden.«

Was tut er denn da? Wieso provoziert er ihn denn so?

Bevor ich etwas sagen kann, meldet sich Aaron wieder zu Wort.

»Versuch es gar nicht erst, Killian. Er kann sich mittlerweile kontrollieren. Anders als ich. Du hast sie versucht mir wegzunehmen und glaub mir, wenn ich dir sage, keiner wird sie mir wegnehmen, nicht einmal du! Gail wollte es indem er mich an dich verkauft hat und weißt du was? Du wirst deinen Freund wieder sehen, sehr bald sogar. Frag in der Hölle einfach nach dem Mann, dem die Augäpfel fehlen.«

Bevor ich verstehe, was passiert, zieht Aaron mich in Richtung Fahrstuhl.

»LASS SIE LOS AARON! SIE GEHÖRT MIR! NIMM DEINE FINGER VON MEINER FRAU! ICH BRING DICH UM! ICH BRINGE EUCH ALLE UM!! ICH…«

Bevor er seinen Satz beenden kann, ertönt ein Schuss aus Aarons Waffe.

»NEIN NICHT!!«

Ich befreie mich aus Aarons Griff, was dazu führt, dass die Klinge sich tief in mein Fleisch schneidet, doch es interessiert mich nicht im Geringsten. Das Einzige, was ich will, ist zu Killian zu kommen, der mit Blutgetränktem Shirt auf dem Boden liegt.

Gerade als ich ihn erreiche, ertönt wieder ein Schuss und gleichzeitig Aarons Stimme.

»Du kannst ihn nicht retten, Freya, sieh es ein. Es ist vorbei. Du gehörst mir.«

Ich lehne meine Stirn an die des Mannes, den ich über allen Maßen liebe.

»Hol mich zurück, Killian, hörst du? Ich liebe dich…«

»Es reicht jetzt!«

Aaron zieht mich an den Haaren grob in den Stand und geht mit mir Richtung Fahrstuhl.

»Brennt den Hurensohn nieder. Er wird nie wieder in die Nähe meiner Lady kommen.«

Noch bevor ich protestieren kann, ertönen erneut Schüsse. Kugeln landen klirrend auf dem Boden und dann folgt Stille. Keine Schreie, keine Schritte, nichts, einfach nur Stille.

Die Türen des Fahrstuhls schließen sich. Mein Wimmern wird immer lauter, umso weiter wir uns von Killian entfernen.

Ich bin gefangen zwischen den zwei Männern, die mir schlimmes Leid zugefügt haben. Zwischen denen die mein Herz gerade gebrochen haben, denn ich bin mir fast sicher, dass selbst der Schattenkiller den Kugelhagel nicht überlebt haben kann.

Ende Band 1

Ein riesiges Dankeschön, geht an meine Testleser.

Claudi, Christin und Kathi. Eure Arbeit, Geduld und Hilfe haben es mal wieder so weit gebracht, dass dieses Buch in die Welt gehen konnte.

Claudi- Danke, danke dafür das du in diese Geschichte genauso eingetaucht bist wie ich. Du hast in diesem Buch gelebt, hast mir immer offen und ehrlich deine Meinung gesagt und zwischendurch Feedback gegeben.

Christin- Trotz dem Wirbel, der entstanden ist, hast du mich nicht im Stich gelassen. Du hast genau wie bei Vita mia, dein Bestes gegeben und hast wie immer jedes Wort nur so verschlungen.

Kathi- Was soll ich sagen, ich weiß das es eigentlich nicht dein Gerne ist, aber trotzdem, hast du dich in den Sturm der Dunkelheit ziehen lassen und mich wie auch schon bei Vita mia bis zum Ende begleitet.

Danke auch an Gio, Dana Jai, Gina und Cindy, denen ich immer wieder einige Kapitel schicken durfte, sie mir ihre Meinung und eventuelle Verbesserungsvorschläge entgegen gebracht haben.

Ohne euch, wäre es niemals so weit gekommen.

Ihr habt mir immer wieder neuen Mut zugesprochen, mich immer wieder motiviert und euch meine Sorgen angehört.

Wie sagt man so schön? Das beste kommt zum Schluss. Danke an all die, die mich bereits bei meinem ersten Buch so unterstützt haben. An die, die sich von mir haben in die Dunkelheit ziehen lassen. An meine Bloggermäuse die tatkräftig auf die Werbetrommel gehauen haben, um mich auf meinem Weg zu unterstützen. Eure ganzen Nachrichten, Videos und die ganze Liebe die ihr mir entgegen gebracht habt, hat mich immer weiter dazu angetrieben, Vollgas zu geben und jetzt sind wir hier. Am Ende des ersten Bandes meines zweiten Buches.

Danke an jeden einzelnen der weiterhin den Pfad der Dunkelheit mit mir gehen wird. Ihr werdet es nicht bereuen=)